Traumleuchten

*Für Saskia
und meine wunderbaren Kinder*

Die Autorin

Diana Hübner wurde 1974 geboren und lebt mit ihrer Familie in einem kleinen Dorf in Südthüringen.

Hauptberuflich ist sie Polizeibeamtin, Ehefrau und Mutter dreier wunderbarer Kinder. Nebenberuflich schreibt sie seit ihrer Kindheit immer wieder kleinere Geschichten und Gedichte. Wenn es die knapp bemessene Freizeit zulässt, treibt sie gerne Sport und frönt ihrer Leidenschaft, dem Lesen. Der Wunsch, eines Tages selbst ein Buch zu schreiben, hat sich bereits sehr früh manifestiert.

Nachdem sie im letzten Jahr schwer erkrankt ist und in dieser schwierigen Phase ihres Lebens wieder ein Stück zu sich selbst gefunden hat, verwirklichte sie sich endlich ihren Traum vom Schreiben.

Den Roman " Traumleuchten" schrieb sie ursprünglich für ein liebe Freundin und Kollegin. Es ist der erste Roman von Diana Hübner. Inzwischen wurde auch der zweite Roman der Autorin, „ Seelentrost", veröffentlicht.

Liebe Leser!

Ich finde es unglaublich, dass Sie sich entschieden haben, dieses Buch zu lesen. Ich bin bei weitem keine professionelle Autorin und möchte mich daher auch dafür entschuldigen, dass sich sicherlich noch immer zahlreiche kleine Fehler im Text verstecken. Man kann sie allerdings auch gerne „ mitlesen ";-).

Ich wünsche Ihnen alles Liebe!

Ihre Diana Hübner

Prolog

Es war eine unruhige Nacht. Der Wind fegte um die Ecken des kleinen Steinhäuschens am See und auch die Träume der jungen Schriftstellerin Jane waren mehr als unruhig. Sie lebte allein an diesem malerischen Ort, direkt am See. Der See hatte für Jane etwas eigenartig Beruhigendes, dennoch wurde sie gerade in ihren Träumen immer wieder in seinen Bann gezogen. Es schien, als wollte der See ihr etwas mitteilen, seine Geschichte erzählen. In den Nächten entstand immer öfter ein Bild in Janes Kopf, welches sie nach dem Erwachen nie deuten konnte. Sie sah unscharf das Gesicht einer jungen Frau, die Augen vor Schrecken geweitet. Und Wasser, viel Wasser. Wenn Jane nach diesen merkwürdigen Träumen den Tag mit einem starken Kaffee begann, war sie stets noch lange in den Wirren der Nacht gefangen und wurde das Gefühl nicht los, Teil eines Geheimnisses längst vergangener Tage zu werden.

1

Jane lebte jetzt seit drei Monaten in dem wunderschönen kleinen Häuschen. Sie hatte es zunächst für ein Jahr gemietet, um ihren aktuellen Roman über eine Liebesgeschichte in Schottland zu schreiben. Ihre Agentin lag ihr schon lange damit in den Ohren, doch endlich die Leser mit einer Liebesgeschichte aus ihrer Feder zu überraschen. Doch Jane schrieb eigentlich lieber über mystische Sachen und beleuchtete gerne tatsächliche Begebenheiten aus der Sicht einer jungen Frau. Aber Liebesromane waren nicht ihre Sache. Und gerade jetzt nicht!

Es war nicht ganz vier Monate her, als Janes Traum von der wahren Liebe wie eine Seifenblase zerplatzte. Sie hatte mit Connor in einer wunderschönen kleinen Wohnung im Herzen eines ruhigen Städtchens in der Grafschaft Cumbria gewohnt.

Fünf Jahre waren sie ein Paar gewesen. Zugegeben, es hatte wie in jeder Beziehung Höhen und Tiefen gegeben, aber sie hatten sich immer wieder zusammengerauft. Connor hatte seine zwanghafte Eifersucht, die Jane nie verstanden hatte, in den Griff bekommen. Sie hatte ihm niemals eine Veranlassung gegeben, sich über ihre Beziehung zu ihm Sorgen zu machen. Dennoch hatte er ihr ständig unglaubliche Affären vorgeworfen, wenn sie beispielsweise einen Abend mit einer Freundin in der Stadt verbracht hatte.

Zumeist hatte Jane das Gefühl gehabt, es war Connor mehr um Kontrolle als um irgendeine Art von Eifersucht gegangen. Aber sie hatte oft darüber hinweggesehen. Sie hatten geplant gehabt, im nächsten Jahr zu heiraten, sich vielleicht ein kleines Anwesen auf dem Land zu mieten und eine Familie zu gründen.

Jane war durch Zufall auf das Haus am See aufmerksam geworden, das in einem kleinen Artikel der örtlichen Zeitung zur Miete angeboten worden war. Voller Euphorie hatte sie bei der angegebenen Nummer angerufen, um sich nach dem Anwesen zu erkundigen. Es meldete sich eine ältere Dame, die sehr kurz angebunden zu sein schien. Wenn Jane unbedingt darauf bestehe, sich das Grundstück am See anschauen zu wollen, frage sie Mr Stanton nach einem Termin und melde sich bei ihr.

Jane hinterließ ihre Telefonnummer und rechnete aufgrund des merkwürdigen Verhaltens der Dame nicht damit, noch mal von ihr oder Mr Stanton zu hören.

Als eine Woche später das Telefon klingelte, Jane steckte gerade mitten in der Arbeit über einen Artikel für das überregionale Tageblatt, nahm sie an, dass es sich wieder um eine Ermahnung ihrer Agentin Nelly handelte, die ihr seit geraumer Zeit mit dem Roman in den Ohren lag.

Sie mochte Nelly sehr, doch zuweilen konnte sie sehr hartnäckig sein, wenn es um Janes Arbeit als Schriftstellerin ging.

Jane nahm ab und war schon darauf gefasst, sich einen längeren Vortrag ihrer Agentin anzuhören, als sich eine betagte männliche Stimme meldete.

„ Jane Wattson?"

„ Ja, Sir, hier ist Jane Wattson", antwortete Jane.

„ Wie kann ich Ihnen helfen?"

„ Hier ist Mr Stanton, Sie haben wegen meines Grundstückes am See angerufen. Sie sind wirklich daran interessiert, es zu mieten? Sind Sie sicher?"

Jane war ein wenig verwirrt und die anfängliche Begeisterung über den Anruf war ein wenig verflogen.

„ Ja, natürlich bin ich sicher. Aber wieso fragen Sie? Ist etwas nicht in Ordnung?"

„ Doch, doch, alles bestens. Sie kennen das Haus am See nicht? Es steht seit vielen Jahren leer. Mein Verwalter kümmert sich darum. Darf ich fragen, was Sie beruflich machen und warum Sie ausgerechnet dieses Haus mieten wollen?"

„ Ich bin Autorin und arbeite zurzeit an einem Roman. Mein Verlobter und ich wollten uns das Haus ansehen, wenn es Ihnen recht wäre, wir suchen ein wenig Ruhe. Aber wenn es irgendein Problem geben sollte, möchte ich Sie diesbezüglich nicht weiter belästigen."

Jane war sich nicht sicher, ob Mr Stanton das Haus wirklich vermieten wollte, irgendetwas schien nicht zu stimmen. Es waren wohl gewisse Voraussetzungen nötig, um sich das Haus ansehen zu dürfen. Seltsam.

Umso überraschter war sie, als Mr Stanton entgegnete:

„ Mrs Wattson, Sie können sich das Grundstück morgen Nachmittag anschauen. Mein Verwalter setzt sich nochmals mit Ihnen in Verbindung. Einen schönen Tag!"

Jane wollte noch etwas erwidern, doch da hatte der nette Herr schon aufgelegt. Etwas verwundert schaute Jane auf das Telefon.

Okay, sie hatte wohl jetzt doch die Chance, das hübsche Haus, welches in der Zeitung neben der Anzeige mit einem kleinen Foto abgebildet war, zu besichtigen.

Mit wachsender Begeisterung und Vorfreude beendete sie schnell ihren Artikel. Sie wollte Connor unbedingt alles erzählen, bevor er spät am Abend nach Hause kam. Er hatte an diesem Montag sein wöchentliches Treffen mit Freunden und Kollegen im Pub. Es war zu einer Art Tradition geworden, die Arbeitswoche mit den Kollegen montags bei einem Bier zu besprechen. Dort würde sie Connor finden und ihn mit der Neuigkeit überraschen.

Sie machte sich zügig mit dem Rad auf den Weg in den Pub, es war nicht weit, vielleicht eine halbe Meile und sie würde nicht lange brauchen.

Als sie im Pub ankam, begrüßten sie Connors Kollegen und Paul fragte:

„ Hey, Jane, hast du Connor mitgebracht?"

Jane entgegnete, dass sie angenommen hatte, Connor hier zu finden, da sie dringend mit ihm sprechen müsse.

„ Connor ist nicht da, er ist bereits eine Stunde zu spät, Süße. Wo hast du ihn gelassen? Komm, sag schon, noch im Bett?", zwinkerte Paul.

„ Habt ihr nicht nach eurer Hochzeit noch genügend Zeit, euch zu vergnügen?"

Jane musste lächeln bei dem Gedanken, wirklich bald zu heiraten und vielleicht mit Connor in das hübsche Häuschen am See zu ziehen. Es wäre traumhaft!

Gerade als Jane Paul antworten wollte, um ihm zu sagen, dass Connor bereits seit dem Morgen aus dem Haus war, ging die Tür des Pubs auf und Connor trat ein. Jane wollte sich schon zu erkennen geben und Connor von der Besichtigung des Grundstückes erzählen, als sie und auch die Kollegen bemerkten, dass Connor nicht allein war.

Er war in Begleitung einer jungen Frau, vielleicht etwas jünger als Jane, gertenschlank und bildhübsch. Sie hatte sich bei Connor eingehakt und sah ihn mit einem Blick an, der keinen Zweifel an ihrer Beziehung zueinander zuließ.

Connor flüsterte ihr leise etwas ins Ohr. Die beiden waren so ineinander vertieft, dass sie Paul, Jane und die anderen nicht bemerkten.

Während Paul mit eisigem Blick und weit geöffneten Augen das Schauspiel betrachtete, was sich ihnen bot, sank Jane unmerklich auf dem Stuhl zusammen, der glücklicherweise neben ihr stand.

Connor dreht sich zu seinem Freund und Kollegen um, kam auf ihn zu und sagte:

„ Paul, darf ich dir Lisa vorstellen? Wir kennen uns seit einigen Monaten und ich denke, es wird Zeit, sie euch vorzustellen."

Als Connor Pauls Blick bemerkte, setzte er hinzu:

„ Jetzt hab dich nicht so, ich kann dir das alles erklären…"

Paul fand seine Sprache wieder und gab resigniert zurück:

„ Nicht mir musst du irgendwas erklären, ich denke, Jane hat wohl eher das Recht zu erfahren, was du zu sagen hast!"

In diesem Moment sah Connor Jane, die immer noch völlig geschockt und zusammengesunken auf dem Stuhl saß.

Connor ließ die Frau los, tätschelte ihr beruhigend die Hand und ging langsam auf Jane zu.

„ Jane...ich...du weißt doch, das mit unserer Hochzeit...ich bin nicht sicher...Jane, es tut mir Leid..."

Jane nahm nur bedingt wahr, was Connor stammelte. Ihr war schwindelig und sie hatte das Gefühl, als würde ein tonnenschwerer Stein auf ihrer Brust liegen. Sie bekam kaum Luft und ein ungewohnt stechender Schmerz breitete sich in ihr aus.

Sie brauchte noch etwa 10 Minuten, um die Fassung wiederzuerlangen.

Wie in Trance stand sie langsam auf. Sie ging auf Connor und Lisa zu.

„ Leb wohl und viel Glück!", sagte ihre Stimme, die ihr nicht zu gehören schien.

2

Als Jane wieder zu sich kam, lag sie in ihrem Wohnzimmer auf der Couch, eine leere Flasche Wein stand auf dem Tisch und ihr Kopf schmerzte höllisch. Sie war immer noch angezogen und erwartete ein schreckliches Spiegelbild, als sie sich ins Bad schleppte.

Was war nur passiert? War die Szene im Pub nur ein Traum gewesen?

Wenn nicht, wie war sie nach Hause gekommen? Wie hatte das alles nur passieren können?

Ihr Anblick im Spiegel machte ihr bewusst, dass sie sich nicht mitten in einem Alptraum, sondern in der nackten Realität befand.

Langsam kam die Erinnerung zurück.... Connor, mit dieser Frau....der Pub, Paul..... !

Sie musste irgendwie aus dem Pub gekommen sein. Aber woher kam diese verdammte Schramme an ihrem Auge?

Jane schleppte sich zurück ins Wohnzimmer und bemerkte, dass der Anrufbeantworter unaufhörlich blinkte.

Sie betätigte den Knopf und Pauls Stimme ertönte so laut, dass sie befürchtete, ihr Kopf würde explodieren.

„Jane, wie geht es dir? Ist soweit alles in Ordnung? Was macht deine Wunde? Bitte melde dich, ich mach mir Sorgen! Es tut mir alles so Leid!"

Paul schien also Bescheid zu wissen.

Langsam kam die Erinnerung zurück.

Ihr wurde klar, was passiert war.

Sie war am Abend zuvor, nachdem ihr klargemacht worden war, dass sie nicht heiraten und eine Familie gründen würde, taumelnd aus dem Pub gelaufen, hatte sich ihr Fahrrad geschnappt und wollte schnell nach Hause fahren.

Sie musste gestürzt sein, denn sie erinnerte sich, dass sie von Paul aufgehoben worden war, und offensichtlich hatte er sie auch nach Hause gebracht. Zu Hause hatte sie dann die Flasche Wein geöffnet, die jetzt bedrohlich und mahnend leer vor ihr stand, und sich ihrem Elend ergeben.

Sie hatte nicht mal Gelegenheit gehabt, Connor von der Neuigkeit über das kleine Haus zu berichten.

Oh, heute war doch der Besichtigungstermin, sollte sie sich noch mal mit Mr Stanton in Verbindung setzen und absagen?

Jane schwirrte der Kopf, es war zuviel für sie. Ihre heile Welt war innerhalb kurzer Zeit einfach zusammengebrochen!

Sie hörte den Anrufbeantworter weiter ab, ohne genau darauf zu achten. Bis sie Connors Stimme aus dem Delirium riss.

„ Jane, geh doch ran, ich muss mit dir reden. Sei doch vernünftig! Es tut mir ja Leid, aber es ist besser so, das mit der Heirat….Jane, melde dich, verdammt!"

Es kamen noch vier weitere Anrufe von Connor, die Jane sofort löschte. Der letzte Anruf auf dem Anrufbeantworter war von einem Mr James, offensichtlich dem Verwalter von Mr Stanton. Er beschrieb Jane kurz den Weg zum Grundstück und erwartete sie Punkt 3 Uhr am See.

Oh Gott, dachte Jane! Soll ich mir das Haus noch ansehen? Warum? Mit Erschrecken stellte sie fest, dass es bereits 1 Uhr war und sie sich wirklich beeilen musste, wenn sie doch noch zu der Besichtigung wollte.

Jane dachte eine Weile darüber nach und kam zu dem Schluss, dass sie den Termin wahrnehmen würde. So konnte sie das Haus wenigstens aus der Nähe betrachten und auf sich wirken lassen. Vielleicht besserte das ihren Zustand ein wenig und sie konnte zumindest die Natur und den See genießen, bevor sie ablehnen musste, das Haus zu mieten.

Denn was sollte sie allein dort? Doch in der gemeinsamen Wohnung konnte sie auch nicht bleiben. Vielleicht sah in ein paar Tagen alles nicht mehr so schlimm aus und Connor würde zurückkommen. Vielleicht…

3

Wie sie es geschafft hatte, einigermaßen ansehnlich und pünktlich am Grundstück zu sein, wusste sie nicht genau, aber Jane war hier, am See, konnte das wunderschöne kleine Haus sehen und fühlte sich ungewöhnlich heimisch und fasziniert zugleich. Sie sog unweigerlich jedes Detail dieses traumhaft schönen Ortes in sich auf. Das Haus war eine etwas größere Hütte, groß genug jedoch für drei bis vier Personen und komplett aus Naturstein gebaut. Es besaß einen kleinen Erker, vermutlich befand sich darin das Ess- oder Wohnzimmer, und am oberen Stockwerk befand sich ein wunderschöner kleiner Balkon, der vermutlich zum Schlafzimmer gehörte. Von dort aus kann man den See in seiner ganzen Pracht bewundern, dachte Jane, als sie plötzlich angesprochen wurde.

„ Mrs Wattson, nehme ich an? James, mein Name, Richard James, der Verwalter dieses Grundstückes, ich freue mich, Ihre Bekanntschaft zu machen!"

„ Angenehm, Jane Wattson", antwortete Jane überrascht, einen so jungen Mann vor sich zu haben. Sie hätte eigentlich mit einem Mann um die 50 gerechnet. Aber Richard James war höchstens 35 Jahre alt, sportlich, groß und er hatte ein schönes Lächeln.

„ Ich war der Annahme, Sie würden mit Ihrem Partner kommen, Mrs Wattson?"

„ Oh, tut mir Leid, er ist verhindert, aber ich würde mir das Haus sehr gerne auch allein ansehen, wenn möglich."

„ Gerne, bitte folgen Sie mir."

Sie betraten beide das kleine Haus und Jane war überwältigt! Es besaß einen kleinen Flur mit angrenzendem WC. Vom Flur aus kam man in ein gemütliches Wohnzimmer. Eine süße kleine Küche mit einem Esszimmer in besagtem Erker schloss sich an. Von dort aus hatte man eine tolle Aussicht auf den See. Bei einer Tasse Tee oder Kaffee, träumte Jane vor sich hin, musste man sich hier wunderbar entspannen können.

Sie gingen in den ersten Stock und eine so schön verzierte Treppe führte hinauf, dass Jane unweigerlich stehen blieb und die Schnitzereien bewunderte. Im oberen Stockwerk befanden sich ein Badezimmer, ein Gästezimmer und ein Schlafzimmer.

Als Jane das Schlafzimmer betrat, blieb sie fasziniert stehen. Es war so urgemütlich eingerichtet, dass man sofort das Bedürfnis hatte, sich schlafen zu legen. Der wunderbare Balkon, den sie bereits zu Beginn bemerkt hatte, zog sie sofort in seinen Bann.

Sie stand wie unter Hypnose auf dem Steinboden des kleinen Bauwerkes, hielt ehrfürchtig das geschwungene Geländer fest und starrte wie in Trance auf den vor ihr liegenden schillernden See. Jane war beeindruckt, verwirrt, seltsam ruhig und dennoch aufgewühlt. Sie spürte eine Art Macht, die vom See ausging. Es war unbeschreiblich, es war, als zöge der See sie magisch an, um ihr etwas mitzuteilen.

Wie lange Jane dagestanden hatte, konnte sie nicht sagen.

Die Stimme von Mr James riss sie zurück in die Realität. Erst jetzt fiel ihr auf, dass er bisher nicht ein Wort über das Haus gesagt hatte.

„ Mrs Wattson? Ist alles in Ordnung? Was sagen Sie zu dem Haus?"

Jane konnte es nicht in Worte fassen. Sie war gefangen in der angenehmen Wärme dieses Anwesens und konnte es nicht übers Herz bringen, Mr James zu berichten, dass sie das Haus nicht mieten könnte, da sie von ihrem Verlobten getrennt war. Stattdessen sagte sie:

„ Mr James, es ist wunderbar. Wann darf ich mich bei Ihnen melden, um über die Vermietung zu sprechen?"

„ Mrs Wattson, wenn es Ihnen recht wäre, würde ich gerne morgen nochmals einen Termin ausmachen. Ich verreise übermorgen für ca. vier Monate und würde gerne vorher noch die Details mit Ihnen klären."

„ Gut, ich rufe Sie morgen an und vielen lieben Dank für die Besichtigung. Es ist ein wunderschönes Haus."

Als sie davonfuhr, stand Richard noch eine Weile da und sah ihr nach. Hätte er ihr die Geschichte des Hauses erzählen sollen? Wusste er eigentlich die wahre Geschichte? Richard wusste nur, dass seltsame Dinge im Haus vorgehen sollten, so hatten sich zumindest die beiden Vormieter Richard gegenüber geäußert. Sie waren nur ein paar Wochen geblieben und dann regelrecht geflüchtet. Irgendetwas schien nicht zu stimmen, angeblich würde es spuken. Aber Richard war eher der Meinung, die Mieter waren nicht von dieser Welt. Leider hatte das Haus nach diesen Mietern einen so schlechten Ruf, dass sich bis jetzt niemand mehr dafür interessierte.

Richard setzte ab und an wieder eine Annonce in die Zeitung und diesmal hatte sich tatsächlich jemand gemeldet.

Jane war eine bewundernswerte Frau, etwas jünger als er, vielleicht 30 Jahre. Richard war die Faszination in Janes Augen nicht entgangen. Sie war augenblicklich gefesselt vom trügerischen Idyll des Hauses und des Sees. Zudem konnte er nicht abstreiten, Gefallen an ihr gefunden zu haben. Sie war klein, nicht zu zierlich und schon gar nicht zerbrechlich. Das gefiel Richard, eine starke Frau in einem kleinen, anziehenden Körper. Er spürte eine gewisse Zuneigung, eine Art Seelenverwandtschaft vielleicht, doch so weit wollte er bei der ersten Begegnung nicht gehen. Dennoch fiel ihm auf, dass sie sehr verletzt schien. Was sie wohl so aus dem Gleichgewicht gebracht hatte?

Richard verbannte die Gedanken an Jane Wattson, schließlich wollte er nur das Haus vermieten, um danach mit seinem besten Freund nach Kanada fliegen zu können. Endlich wollte er das Land erkunden, es war sein Traum, seit er ein kleines Kind gewesen war.

Er war äußerst erfreut gewesen, als er von seinem Großvater erfuhr, dass es einen Interessenten für das Haus gab, und er wünschte sich innig, diese Verpflichtung, das Haus am See weiter zu verwalten, loszuwerden. Er war sich jedoch nicht sicher, ob Jane Wattson ihm wirklich am nächsten Tag zusagen würde, das Haus zu mieten. Irgendetwas ließ ihn vermuten, dass sie aus irgendeinem Grund mit sich rang. Er würde es abwarten müssen.

4

Jane fuhr langsamer als sonst nach Hause. Sie war aufgewühlt, wusste nichts mit den Empfindungen vorhin im Haus am See anzufangen. Sie konnte sich diese enorme Faszination nicht erklären. Umso schwerer fiel ihr der Gedanke, Mr James am nächsten Tag absagen zu müssen. Sie konnte nicht allein dort einziehen. Sie hatte doch mit Connor eine wunderbare Ehe führen, eine Familie gründen wollen, aber diese Zukunft schien es nicht mehr zu geben.

Sie kam in der gemeinsamen Wohnung an und bereits, als sie die Tür aufschloss, war ihr klar, dass etwas anders war als sonst. Sie ging ins Wohnzimmer und bemerkte sofort, dass die Musikanlage fehlte. Ihr wurde bewusst, dass Connor hier gewesen sein musste und der Verdacht wurde bestätigt, als sie ins gemeinsame Schlafzimmer kam, der Schrank weit offen stand und Connors Habseligkeiten verschwunden waren. Gewissheit hatte sie, als sie in der Küche einen Zettel mit der vertrauten Handschrift von Connor fand:

„ Jane, es tut mir Leid. Ich hätte vielleicht mit dir reden sollen, aber ich wusste nicht wie. Die Sache mit Lisa ist mir ernst, wir werden heiraten. Leb wohl, Jane!"

Wir werden heiraten? In Janes Kopf drehte sich alles. War sie nicht mit ihm verlobt? Wollten sie und Connor nicht heiraten? Warum hatte sie nur nicht bemerkt, dass Connor eine andere hatte? Vielleicht weil er immer den eifersüchtigen Kontrollfreak gespielt hatte, wenn sie auch nur ein paar Minuten länger aus gewesen war als verabredet? Es war unglaublich, auf diese Art und Weise hatte er Jane glauben gemacht, sie sei seine große Liebe und Jane müsste daran nicht zweifeln. Wut stieg in ihr auf und machte sich statt der Verzweiflung breit. So etwas hatte sie nicht verdient!

Das Haus und der See kamen ihr unweigerlich in den Sinn und sie begann darüber nachzudenken, das Haus vielleicht doch zu mieten. Allein. Sie hätte unendlich viel Zeit und Ruhe für ihren Roman, den sie schreiben musste, und für die wöchentliche Kolumne in der Zeitung. Vielleicht wäre es wirklich keine so schlechte Idee. Ob sie es sich allerdings leisten konnte, die Miete allein aufzubringen, wusste sie nicht. Sie würde mit Mr James verhandeln müssen. Aber bis dahin würde noch ein wenig Zeit vergehen und sie beschloss, endlich bei ihren Eltern anzurufen, um ihnen die Neuigkeiten zu erzählen.

Wie erwartet, waren Steve und Erin Wattson geschockt über die Nachricht von der Trennung, hatten sie doch gehofft, endlich Großeltern zu werden, sobald ihre einzige Tochter Jane verheiratet wäre. Es verging fast eine halbe Stunde, in der am Telefon geweint und geflucht wurde, bis sich alle wieder beruhigt hatten. Jane berichtete auch von der Besichtigung des Hauses und der Überlegung, es auch allein zu mieten. Die Warnung ihrer Eltern, doch nicht so viel Geld mit den Artikeln und Kurzgeschichten zu verdienen, dass sie sich das leisten konnte, ignorierte Jane vorerst. Obwohl sie zugeben musste, dass sie wirklich nicht so üppig bei Kasse war, um so ein Anwesen zu finanzieren. Der morgige Tag würde sie weiterbringen.

Richard indes telefonierte mit Mr Stanton und berichtete ihm ausführlich über Jane Wattson. Der alte Herr schien sehr beeindruckt von den Erzählungen seines Enkels, dass er zum Schluss kam, es mit Jane als Mieterin zu versuchen. Schließlich war das Haus so viele Jahre unbewohnt und Mr Stanton wartete nach wie vor auf die richtigen Bewohner.

Dies war Richard nie so richtig klar gewesen. Warum war sein Großvater so bedacht darauf, den oder die Richtige für das Haus zu finden? Richard wusste, dass sein Großvater seit fast 50 Jahren keinen Fuß mehr auf das Grundstück gesetzt hat. Er wusste auch, dass vor langer Zeit etwas Furchtbares dort passiert sein musste...aber was genau, wusste keiner.

Johan Stanton erklärte seinem Enkel, dass er Mrs Wattson vorerst für die geeignete Person hielt, das geheimnisvolle Haus zu bewohnen und wies ihn an, mit dem Mietpreis so weit runter zu gehen wie nötig.

Richard nahm die Anweisung entgegen und hoffte nun, dass Jane Wattson das Haus auch haben wollte.

5

Am nächsten Tag ging es Jane erstaunlich gut. Die Wut über das Verhalten von Connor war zwar noch nicht verflogen, dennoch wurde sie das Gefühl nicht los, dass es so tatsächlich besser war. Vielleicht war das ein Wendepunkt in ihrem 31. Lebensjahr, den sie zwar nicht zu verantworten hatte, aber sehr wohl zum Positiven umkehren konnte. Darin war Jane schon immer gut gewesen. Positiv denken, nicht unterkriegen lassen, immer kämpfen für Gerechtigkeit und Glück! Solange sie sich dieser Eigenschaft erinnerte, konnte nichts schief gehen, und mit neuem Mut griff sie zum Telefon, um Mr James anzurufen.

Richard James nahm den Hörer ab, merkwürdig erfreut, die Stimme von Jane zu hören, und verabredete sich mit ihr im Pub der Stadt.

Richard wartete bereits auf sie und war erstaunt über ihren Anblick. Sie hatte ein figurbetontes, blaues Kleid an, ihre dunkel gelockten Haare fielen ihr weich über die Schulter und ihr Gesicht verriet ihm, dass sie heute weit weniger unglücklich war als noch tags zuvor. Auch Janes Gesicht hellte sich auf, als sie in die schönen Augen von Mr James sah. Sie war erneut angenehm überrascht, so von dem Verwalter des Grundstückes beeindruckt zu sein. Er gefiel ihr ausnehmend gut, doch dies war nicht der Grund, warum sie heute hierher gekommen war. Sie hatte sich vorgenommen, hart mit Mr James zu verhandeln, um das Haus am See auf jeden Fall zu bekommen. Sie hatte überlegt, da ja das Haus möbliert war, ihre Möbel zu verkaufen, die Wohnung zu kündigen und komplett neu anzufangen. So müsste sie sich zumindest am Anfang die Miete leisten können, ohne am Hungertuch zu nagen. Natürlich musste sie zusätzlich noch Aufträge bei der Zeitung annehmen, um sich über Wasser zu halten, aber sie war sich sicher, dass das kein Problem sein würde.

„ Hallo, Mrs Wattson, schön, Sie zu sehen! Wie geht es Ihnen heute?"

„ Danke, gut, Mr James, und selbst?"

„ Richard, bitte nennen Sie mich Richard. Mir geht es bestens. Darf ich Sie Jane nennen?"

Jane war schon allein wegen seiner warmen Stimme ganz und gar nicht dagegen, ihn Richard zu nennen.

„ Aber natürlich, Richard", antwortete sie.

„ Das ist wunderbar, Jane! Und, was sagen Sie zu dem Haus? Gestern haben wir nicht ausführlich darüber gesprochen und, ehrlich gesagt, dachte ich, Sie bringen heute Ihren Verlobten mit?" Obwohl sich Richard eingestehen musste, ganz froh zu sein, mit Jane allein hier zu sitzen.

„ Mr James, Richard, entschuldigen Sie, aber ich glaube, ich muss Ihnen ehrlicherweise etwas erklären. Ursprünglich war geplant, das Haus mit meinem Verlobten zu mieten, ja. Doch ist es meinem Verlobten irgendwie gelungen, sich aus unserer Verbindung zu lösen, ohne es mich so recht wissen zu lassen. Er hat mir in der Nacht vor unserem ersten Treffen am Haus eher durch Zufall erklären müssen, dass er eine andere Frau heiraten möchte."

Richard musste sich ein kleines Lächeln verkneifen, weil Jane die Tatsache, von ihrem Verlobten betrogen und sitzen gelassen worden zu sein, so nüchtern und mit einem kleinen Schuss Ironie erzählte, dass man annehmen konnte, sie sei bereits darüber hinweg. Dass das nicht so war, wusste Richard, aber dass Jane offensichtlich die starke Frau war, die er in ihr bereits gesehen hatte, wurde ihm jetzt deutlich. Schade, dass sie sich nicht näher kennen lernen würden. Er würde ihr ein Angebot machen, das sie nicht ausschlagen konnte, und dann nach Kanada fliegen. Dennoch musste er zugeben, dass es ihm irgendwie gefiel, dass Jane nicht mehr gebunden war. Warum nur? Er kannte sie doch gar nicht.

„ Richard, ich weiß, dass sich die Voraussetzungen jetzt geändert haben, und wenn Sie mir das Haus nun nicht mehr vermieten wollen, kann ich das vollkommen verstehen, aber…."

„ Jane, aber natürlich werde ich das Haus auch an Sie alleine vermieten, wobei ich mir nicht sicher bin, ob ich Sie so einsam in dem Haus zurücklassen kann."

Er unterstrich seine Aussage mit einem spitzbübischen Lächeln und Jane wurde ganz warm. Sie spürte die tückische Röte in ihrem Gesicht aufsteigen, versuchte ihre Benommenheit aber sofort zu unterdrücken.

„ Das heißt, wir können über den Mietvertrag reden und ich kann versuchen, den monatlichen Abschlag so weit zu minimieren, dass es sich eine einsame, alleinstehende Frau auch leisten kann, in diesem traumhaften Haus zu wohnen?", gab sie kokett zurück und lächelte Richard freundlich an.

Er konnte nicht mehr an sich halten und lachte herzhaft.

„Jane, Sie sind einfach zauberhaft!" Bevor er realisierte, was er gesagt hatte, bereute er es bereits wieder.

„ Es tut mir Leid, Jane, ich wollte Sie nicht...entschuldigen Sie, lassen Sie uns über den Mietvertrag reden."

„Gerne", entgegnete Jane etwas verwirrt. Richard machte Jane ein Angebot, welches sie unmöglich ablehnen konnte. Sie sollte für das Haus kaum mehr bezahlen als derzeit für die Wohnung! Wahnsinn! Sie konnte sich zwar nicht erklären, warum sie ein so tolles Angebot bekam, aber sie wollte auch nicht wirklich darüber nachdenken.

So zog sie zwei Wochen später, nachdem sie die Wohnung gekündigt hatte, in ihr wunderbares kleines Traumhaus. Von Connor hatte sie seither nichts mehr gehört.

6

Jane saß in ihrem kleinen Erker, trank eine Tasse Tee und dachte darüber nach, wie um alles in der Welt sie einen Liebesroman schreiben sollte. Nelly hatte wieder angerufen und aufs Neue gebeten, diesen Roman endlich anzufangen. Aber seit Jane in diesem Haus am See wohnte, hatte sie absolut keinen Sinn für Liebesromane, im Gegenteil, sie hatte das Gefühl, als sollte sie viel mehr über den See, das Haus und ihre Empfindungen schreiben. Etwas Geheimnisvolles umgab ihre neue Heimat und sie wollte unbedingt herausfinden, was es war. Schon damals, bei dem Telefonat mit dem Vermieter, hatte sie das unbestimmte Gefühl gehabt, dass irgendetwas nicht stimmte mit dem Haus. Die merkwürdigen Fragen von Mr Stanton, ob sie sich sicher sei, im Haus wohnen zu wollen, ob sie das Haus denn nicht kenne... Schon damals war ihr die Angelegenheit reichlich seltsam vorgekommen.

Wenn sie es sich recht überlegte, konnten die immer wiederkehrenden Träume vielleicht auch etwas damit zu tun haben. Jane war noch immer so, als wollte ihr jemand etwas mitteilen.

Eine junge Frau, immer wieder tauchte dieses Gesicht in Janes Träumen auf, die weit aufgerissenen Augen der Frau und das viele Wasser überall. Aber das Gesicht war nicht zu erkennen. So sehr sie auch darüber nachdachte, sie konnte sich diese Bilder nicht erklären. Was war da passiert?

Jane war neugierig und obwohl ihr ihre Träume merkwürdigerweise keine Angst machten, hinterließen sie jedes Mal ein eigenartiges Gefühl, wenn sie am Tag darüber nachdachte.

Es lag eine Menge Arbeit vor ihr. Jane hatte versprochen, in der Zeitung zusätzlich den Umweltteil zu übernehmen, da die zuständige Sachbearbeiterin in den Mutterschutz gegangen war. Für Jane war es eine willkommene Abwechslung zu der Kolumne, die sie außerdem schrieb, und das zusätzliche Geld konnte sie gut gebrauchen. An diesem Wochenende hatten ihre Eltern versprochen, sie endlich in ihrem neuen Zuhause zu besuchen. Sie waren auf der Durchreise, wollten in einer Woche eine Schiffsreise unternehmen und vorher nochmal bei ihrer Tochter vorbeischauen. Die Reise würde sechs Wochen dauern. Jane beneidete sie ein wenig, konnte sie sich doch sehr gut vorstellen, auch auf eine solche Reise zu gehen. Sie und das Meer, was für eine gigantische Vorstellung! Sie musste zwangsläufig lächeln, als sie aus dem Fenster im Erker sah. Ihr kleines Meer lag direkt vor ihr! Sie nahm ihre Tasse, zog sich eine Jacke über, nahm auf dem Weg nach draußen eine Decke mit und machte es sich auf dem Steg am See gemütlich. Sie konnte nicht sagen, wie lange sie so in Gedanken am See gesessen hatte und den natürlichen Klängen der Umgebung gelauscht hatte, als sie plötzlich eine zarte Stimme vernahm. Ganz leise zunächst.

Jane nahm an, dass sie sich verhört habe, und achtete nicht weiter auf ihre Wahrnehmung. Bis sie erneut die Stimme hörte. Ein wenig lauter diesmal, jedoch noch immer unverständlich. Es war wie ein Wimmern, ein Weinen. Zunächst hatte Jane angenommen, es wäre eine Katze gewesen, aber jetzt war sie ziemlich sicher, dass es sich um eine Stimme handelte. Sie ging vom Steg herunter und lief ein Stück um den See herum.

„ Hallo? Ist da jemand?", fragte Jane.

Etwas mulmig war ihr schon zumute. Bisher war ihr, außer in ihren Träumen ab und zu, nichts Merkwürdiges aufgefallen, was mit der Umgebung zu tun haben könnte. Denn zugegeben, in ihrem alten Leben, in der alten Wohnung und auch vorher hatte sie nie solche Träume gehabt. Und Stimmen gehört hatte sie auch noch nie! Wurde sie verrückt? Was wurde hier gespielt? Sie nahm sich fest vor, den Verstand nicht zu verlieren und ging zurück ins Haus. Jane ging wieder an ihre Arbeit, die Artikel mussten schließlich fertig werden. Ihr kam in den Sinn, dass sie gleich zu Beginn, als sie das Haus und den See das erste Mal gesehen hatte, das Gefühl gehabt hatte, etwas zu erfahren oder herauszufinden. War das nur in ihren Träumen so und war das eben am See auch so gewesen?

Unglaublich eigentlich, aber der Vorfall ließ Jane nicht mehr los. Sie nahm sich vor, so bald wie möglich mit Mr Stanton zu telefonieren, vielleicht hatte er Zeit und würde sich mit ihr auf einen Kaffee verabreden. Jane wusste noch nicht wie, aber sie wusste, dass ihr Mr Stanton einiges erzählen könnte und sie ihn irgendwie dazu bringen musste. Merkwürdig, aber in diesem Augenblick dachte sie das erste Mal seit über drei Monaten wieder an Richard, den Verwalter des Anwesens. Ob er von seiner Reise zurück war? Vielleicht könnte sie Mr Stanton beiläufig nach ihm fragen.

7

Als Jane am Morgen erwachte, fühlte sie sich unerwartet entspannt. Sie hatte seit langem eine traumlose Nacht verbracht. Die Sonne schien angenehm warm in ihr Schlafzimmer. Es versprach ein wundervoller Tag zu werden. Jane zog ihren Morgenmantel an, um den wunderbaren Tag auf ihrem kleinen Balkon zu genießen. Die frische Morgenluft einatmend, trat sie hinaus. Jane fühlte sich unglaublich glücklich in diesem Moment. Der Wind wehte leicht und brachte den Gesang der Vögel mit. Ein leises Flüstern drang an ihr Ohr und nahm ihre Gedanken gefangen.

„Jane, hilf mir...Jane...!"

Jane schreckte hoch, was war das?

„ Jane, hilfst du mir bitte? Ich bekomme die Tür nicht auf!"

Mutter! Ihre Eltern waren da. Sie war sich sicher, dass die Stimme gerade nicht die ihrer Mutter gewesen war, doch sie hatte sich wohl geirrt.

„ Mama, ich komme, bin gleich bei euch!" Schnell rannte Jane die Stufen hinunter, froh darüber, ihre Eltern endlich in die Arme schließen zu können.

„ Jane, endlich, schön dich zu sehen!" Erin und Steve waren wunderbare Eltern, die ihre Tochter vergötterten. Als sie sich das Haus mit Jane zusammen anschauten, waren auch sie sofort begeistert und gleichzeitig beruhigt, ihre Tochter hier so glücklich zu wissen. Erin ging in die kleine Küche, um für alle Frühstück zu machen, als Jane sich nach oben zurückzog, um sich anzuziehen. In ihrem Schlafzimmer überkam sie sofort wieder dieses Gefühl, das sie kurze Zeit zuvor auf ihrem Balkon gehabt hatte. Sie war gerufen worden, es war, als hätte der Wind eine leise, weibliche Stimme zu ihr getragen.

Immer wieder hörte sie das leise Rufen: „Jane, hilf mir!" Konnte es wirklich sein, dass sie sich so getäuscht hatte?

Sie schaute aus dem Fenster, sah ihre Eltern am Steg und freute sich so sehr darüber, sie über das Wochenende bei sich zu haben. Sie hatte die Liebe der beiden immer bewundert, sie zwar nie als selbstverständlich oder normal betrachtet, aber sie war selig, dass ihre Eltern ein solches Glück miteinander hatten. Jetzt standen sie Hand in Hand am Steg, warfen sich noch immer diese vertrauten Blicke voller Liebe zu und schmiegten sich eng aneinander, als sie verträumt den See betrachteten.

„Jane, hilf mir, Jane, du kannst es...hilf mir!"

Großer Gott! Jane war zu Tode erschrocken. Wieder hörte sie diese Stimme, die jetzt deutlicher zu sein schien. Sie sah nochmal zu ihren Eltern.

Nein, ihre Mutter konnte sie nicht gerufen haben, sie unterhielt sich mit Vater. Und sie waren zu weit weg, als dass Jane sie so deutlich hätte hören können.

Völlig durcheinander rannte sie hinunter und stieß dabei beinahe mit ihren Eltern zusammen, die gerade wieder ins Haus kamen.

„ Kind, was ist passiert? Du siehst aus, als hättest du den leibhaftigen Teufel gesehen!"

„Eh...ja, ich meine nein, alles in Ordnung, Mama, lasst uns erst mal frühstücken, dann geht es mir bestimmt gleich besser."

Obwohl sich ihre Mutter für einen Moment wirklich Sorgen gemacht hatte, stimmte sie zu.

„ Bestimmt, Schatz, ein schöner starker Kaffee bringt dich sicher wieder auf die Beine. Und du hast ja auch noch gar nichts gegessen."

Die Fürsorge ihrer Eltern, so zuwider ihr die auch zeitweise war, nahm sie jetzt dankbar an. Der Tag hatte so schön begonnen, sie war ausgeruht, entspannt und voller Energie gewesen und dann diese Ereignisse! Jane konnte nicht sagen, ob sie Angst verspürte oder lediglich verwirrt wegen der Vorkommnisse am Morgen war. Sie war sich sicher, dass sie handeln musste, um nicht verrückt zu werden. Sie beschloss, ihren Eltern vorerst nichts von den merkwürdigen Begebenheiten zu erzählen, nicht bevor sie sich sicher war, was hier vor sich ging. Sie wollte die beiden nicht unnötig beunruhigen, da sie doch in zwei Tagen ihre Schiffsreise antreten wollten und die ohne Sorge um ihre Tochter genießen sollten.

Nach dem Frühstück rief sie bei Mr Stanton an.

8

„ Mrs Wattson, schön, dass Sie sich melden!" Jane erkannte die Stimme und war verblüfft, Mr. Stanton persönlich am Telefon zu haben.

„ Mr Stanton, woher wissen Sie, dass ich es bin?"

„ Aber Jane, ich darf Sie doch beim Vornamen nennen?" Jane war sich nicht sicher, wie sie reagieren sollte, sagte ja.

„ Sie wohnen doch in meinem Haus, natürlich kenne ich diese Nummer. Wie kann ich Ihnen behilflich sein?"

Aber natürlich, wie hatte Jane das vergessen können. Obwohl Mr Stanton offensichtlich seit langer Zeit nicht mehr hier gewesen war, kannte er wohl noch den Anschluss. Ein klein wenig betreten und unsicher bat

Jane ihn um ein Treffen. Mr Stanton schien nicht überrascht, überhaupt schien er nicht so verhalten zu reagieren, wie noch vor ein paar Monaten, bei ihrem ersten Gespräch.

„ Ich habe Ihren Anruf bereits erwartet und ich denke, Sie möchten mit mir über das Haus sprechen?"

„ Ja, ich glaube, es geht nicht um das Haus an sich, es ist nach wie vor wunderbar, hier zu wohnen, es geht vielmehr um einige Dinge, die vorgefallen sind", antwortete Jane.

„ Ich weiß, Jane, ich treffe mich gerne mit Ihnen, wie wäre es in der nächsten Woche?"

Ich weiß, hat er geantwortet, ging es Jane durch den Kopf, konnte das möglich sein? Das Gefühl, dass Mr Stanton ihr weiterhelfen konnte, verstärkte sich. Als sie ihn jedoch mutig bat, sie am Dienstagnachmittag im Haus am See zu treffen, lehnte er abrupt ab.

„ Jane, ich habe Ihnen erklärt, dass ich bereit bin, mich mit Ihnen zu unterhalten, aber Sie müssten schon zu mir kommen. Das Grundstück am See habe ich seit fast 50 Jahren nicht betreten und ich werde es auch jetzt nicht tun!"

Noch nicht, setzte er in Gedanken noch hinzu. Jane traute ihren Ohren nicht, Mr Stanton wusste mit Sicherheit mehr über diesen Ort, als er vielleicht bereit war, ihr zu erzählen! Sie würde es abwarten müssen. Sie musste auf ihr Gespür als Schriftstellerin vertrauen.

Mittlerweile war sie richtig neugierig geworden; mehr noch, als sich die eigenartigen Stimmen zu erklären, wollte sie erfahren, was hier vor langer Zeit geschehen sein musste.

Nachdem sie das Gespräch beendet hatten, war sie plötzlich erfüllt von einer ungewöhnlichen Leichtigkeit. Sie genoss mit ihren Eltern einen langen Spaziergang um den See. Sie genoss die gesamte Zeit mit ihren Eltern und sie mochte gar nicht daran denken, sie nach dem Wochenende 6 Wochen nicht zu sehen.

9

Richard kam schlaftrunken aus der kleinen Holzhütte, die er sich mit seinem Freund Simon über das Wochenende gemietet hatte. In den letzten Monaten waren die beiden in der Wildnis Kanadas unterwegs gewesen und hatten die meiste Zeit keine richtige Unterkunft gehabt. Eine umso größere Wohltat war es nun, ein paar Nächte in einem richtigen Bett zu schlafen. Nun ja, dieses Feldbett war zwar nicht der pure Luxus, aber den suchten Simon und Richard ja auch nicht.

Richard genoss den Morgen und, nachdem er sich kurz im Fluss, der an das Waldstück angrenzte, gewaschen hatte, nahm er eine der leeren Blechdosen, füllte sie mit dem eiskalten Flusswasser und ging leise zurück in die Hütte. Vorsichtig schlich er sich an Simons Bett und kippte ihm mit einer kindlichen Euphorie das kalte Wasser über den Kopf! Simon schrie auf, setzte sich erschrocken auf und starrte Richard an. Richard lachte herzhaft über seinen Streich und konnte sich gerade noch vor die Tür in Sicherheit bringen, als Simon plötzlich aus dem Bett hoch fuhr und ihm nachrannte. Draußen hatte seine Lust, es Richard mit einem kleinen Kampf heimzuzahlen, bereits nachgelassen. Mit einem gequälten Gesicht raunzte er Richard an:

„ Ich hab gerade so schön geträumt.....von einer wunderschönen Lady...und was wir gerade für Sachen gemacht haben...! Das zahl ich dir noch heim, du Bastard!"

Auch Simon konnte sich ein Lächeln nicht mehr verkneifen.

„ Tut mir Leid, du Casanova, ich denke, es wird wirklich Zeit, dass wir wieder in die Zivilisation kommen und du unter Frauen, nicht dass du mich noch eines Nachts überfällst!"

Richard stieß ihn freundschaftlich in die Seite. Sie hatten geplant, noch eine Woche zu bleiben, bevor sie nach "good old" England zurückkehren wollten. Eigentlich hatte Richard vorgehabt, Simon zu einer Verlängerung ihres Trips zu überreden, aber im Moment war es selbst nicht mehr so ganz von dem Plan überzeugt. Unwillkürlich dachte Richard an Jane. Er hatte sie seit Monaten nicht gesehen, auch nicht an sie gedacht, musste er zugeben, dennoch kam sie ihm sofort in den Sinn, als Simon von seinem anregenden Traum erzählte.

Er war ihr doch nur zweimal kurz begegnet und doch hatten sich ihr Gesicht, ihr Körper und ihre gesamte Ausstrahlung bei Richard eingeprägt. Sie schien all das in einer Person zu verkörpern, was er je in einer Frau gesucht hat. Und er hatte weiß Gott viele Versuche gestartet, die richtige Frau zu finden. Diese Tatsache hatte ihm den Ruf eines Frauenhelden im Familien-und Freundeskreis eingebracht. Doch die Wahrheit kannten nur er und sein Freund Simon. Er hatte mit all den Frauen nie ein engeres Verhältnis, geschweige denn eine längere Beziehung gehabt. Zugegeben, den Vorzügen von unverbindlichem Sex war auch Richard nie ganz abgeneigt und doch wusste er vom ersten Treffen an immer, dass es nicht die Frau fürs Leben war, wie man so schön sagt. Er hatte die Hoffnung auf die Richtige bereits aufgegeben. Richard erinnerte sich noch an das Gespräch mit seinem Großvater Johan. Er schien ihm zu verstehen geben zu wollen, dass er nicht resignieren sollte, was die Frauen anbelangt, in einer Art und Weise, die vermuten ließ, dass der Großvater etwas im Schilde führte. Als Richard ihn direkt darauf ansprach, gab er lächelnd zurück: Du wirst schon sehen, mein Junge. Schon damals war er unzufrieden mit dieser Aussage gewesen, hatte es aber dabei belassen. Bei diesem Gespräch war ihm auch sofort Jane in den Sinn gekommen, so wie jetzt. Ob es ein Zeichen war? Sollte er seine Grundsätze bezüglich der Frauen vielleicht doch noch mal überdenken? Einen Versuch ist es auf jeden Fall wert, dachte er bei sich, als er mit einem verklärten Lächeln auf Simons Betteln hin endlich den Kaffee aufbrühte.

10

Janes Eltern waren am Vormittag aufgebrochen. Der Abschied war ihnen aus irgendeinem Grund schwerer als sonst gefallen. Als sie gefahren waren, zog sich Jane in ihr Esszimmer zurück, um für den morgigen Tag vorzu- arbeiten. Schließlich konnte sie sich Verzögerungen nicht leisten und sie wusste ja nicht, was das Treffen mit Mr Stanton am nächsten Tag mit sich bringen würde. Das ganze Wochenende, als ihre Eltern bei Jane waren, war sie verschont geblieben von imaginären Stimmen und merkwürdigen Träumen. Sie war froh darüber gewesen und hoffte darauf, dass es so bliebe. Zumindest, bis ich mir die Sache erklären kann, dachte sie. Sie kam erstaunlich gut voran mit einem Artikel über den neuen Umweltdezernenten und seine Aufgaben, so dass sie vor dem Abendessen noch genug Zeit für einen ausgedehnten Spaziergang hatte.

Der Sommer neigte sich wohl so langsam dem Ende zu, es war Anfang September, denn als sie vor die Tür trat, fror sie unwillkürlich. Sie warf sich eine Jacke über und lief am See vorbei in Richtung Wald. Obwohl es hier schattig und augenscheinlich kühler war, umfing sie die gewohnte wohlige, sommerliche Wärme. Jane nahm sich vor, kurz ein wenig auszuruhen, bevor sie zurückging.

Sie setzte sich am Waldrand auf einen großen Stein und schaute sich die wunderschöne Landschaft an.

Im Herbst, dachte sie, wird der Wald traumhaft aussehen. Ihn zu beschreiben würde ihr sicher bei ihrem Liebesroman helfen, den sie noch nicht mal begonnen hatte. Jane überlegte, Nelly zu fragen, ob sie nicht über einen fiktiven mystischen Kriminalfall oder Ähnliches schreiben konnte, denn zu diesem Roman über die Liebe hatte sie wirklich keine Idee. Ein Versuch konnte nicht schaden, schließlich war der Abgabetermin erst in 3 Monaten.

Da es allmählich dunkel wurde, machte sich Jane auf den Rückweg. Als sie langsam zum See kam, wurde es merklich kühler. Eine kurze, heftige Windböe erfasste Janes Jacke, die sie locker über der Schulter hängen hatte. Eilig fing sie sie ein und ein Kälteschauer durchfuhr sie. Sie schaute sich erschrocken um, weil sie der Annahme war, etwas gesehen zu haben.

Aber es war niemand hier. Alles war wieder ruhig.

Leicht benommen ging sie schnell zum Haus und schloss die Tür hinter sich. Aus Angst, verrückt zu werden, schob sie die Gedanken an den Vorfall weit von sich und beschloss, nach einem kleinen Abendessen sofort schlafen zu gehen.

Vielleicht hätte sie es sich anders überlegt, wenn sie gewusst hätte, was in dieser Nacht auf sie zukommen würde!

11

Wasser, überall Wasser! Dunkle Wellen überschwemmten sie. Aus der Ferne konnte sie dumpfe Schreie hören, eine leise Stimme, ja, es war seine Stimme, doch sie konnte sie kaum hören.....Sie musste zu ihm! Wieder wurde sie von einer Welle erfasst, doch sie konnte gerade noch ein wenig Luft schnappen, bevor sie erneut unter Wasser gezogen wurde. Und dann dieses grauenvolle Geräusch! Irgendetwas zerbarst, so schien es. Eine Weile war nur das grausame Toben der Wellen zu hören, dann wieder ein klägliches Rufen, weit weg...zu weit weg...sie spürte, wie ihr die Luft aus den Lungen wich, wenn sie jetzt einatmete, wäre es vorbei... oder nicht? War da ein Licht? Konnte sie dorthin gelangen? War das ihre Rettung? Zu spät bemerkte sie einen riesigen schwarzen Gegenstand, der unaufhaltsam auf sie zuraste, zu schnell, viel zu schnell... Und dann war alles still...

Jane wachte schweißgebadet auf. Irritiert schaute sie sich um, versuchte sich zu orientieren. Sie konnte eine schwache Lichtquelle entdecken. Der Mond, er schien zum Fenster herein. Kein Wasser, sie konnte atmen, wenn auch ihr Atem so schnell ging, dass sie befürchtete, ihr Herz würde zerspringen. Wo war sie? Für eine gefühlte Ewigkeit saß sie keuchend und völlig benommen da, starrte auf das Fenster, bis sie allmählich begriff, wo sie war. Sie war in ihrem Schlafzimmer, saß auf dem Bett und sah zur geöffneten Balkontür hinaus. Sie hatte geträumt! Ja, das war es, nur ein Traum! Doch so sehr sie versuchte, das gerade Erlebte als bloßen Alptraum herunterzuspielen, sagte ihr eine innere Stimme beharrlich, dass der Traum kein Produkt ihrer Fantasie war. Es war schrecklich, so real, so grausam und beängstigend gewesen.

Und doch, bei all der Angst, die Jane noch immer erzittern ließ, fühlte sie eine alles einnehmende Kraft, die sie seltsam beruhigte, die ihr Herz spürbar erwärmte und ihr trotz all der schrecklichen Qualen ein Lächeln aufs Gesicht zauberte. Wie konnte das nur möglich sein? Jane kannte dieses Gefühl, was sie jetzt spürte, auch, wenn sie es in ihrer ganzen Stärke so noch nie hatte erleben dürfen, wusste sie doch, dass es das war, wonach sie immer gesucht hatte. Liebe.

12

Jane fuhr mit ihrem kleinen Fiat die idyllische Landstraße entlang. Nach der kurzen Wegbeschreibung von Mr Stanton müsste sie eigentlich gleich da sein. Mr Stanton hatte ihr versichert, dass sie sein Haus nicht verfehlen könne, auch wenn es etwas versteckt läge. Momentan war sich Jane nicht sicher, ob er Recht behalten würde, sie hatte eher den Eindruck, sich verfahren zu haben. Hinter der nächsten Kurve breitete sich vor ihr ein traumhaftes Anwesen aus, eine von Akazien gesäumte Wiese, an die sich eine Koppel anschloss. Jane blieb am Straßenrand stehen. Sie konnte eine großzügige Stallanlage sehen, aus der gerade drei herrlich anmutende Pferde geführt wurden. In einiger Entfernung konnte sie ein herrschaftliches Haus entdecken, welches von einem liebevoll angelegten Garten umrahmt war. Sie wohnte schon seit ungefähr 8 Jahren hier in dieser Gegend, aber hier war sie noch nie gewesen. Dieses sagenhafte Grundstück wäre ihr sicher aufgefallen. Sie fuhr weiter, das Anwesen nicht aus den Augen lassend. Jane sah ein großes Schild, welches vor der majestätischen Einfahrt zum Gelände stand. „Johan Stanton & Sohn Immobilien" war darauf zu lesen.

Sie war also angekommen und Mr Stanton hatte Recht, sein Anwesen konnte man gar nicht verfehlen.

Vorsichtig fuhr Jane die Einfahrt bis zum Wohnhaus, wie sie vermutete. Majestätisch baute sich das kleine Schloss vor ihr auf und sein Charme war überwältigend. Jane konnte sich an der verspielten und kunstvollen Architektur nicht satt sehen.

Sie hatte gar nicht bemerkt, wie sich die Eingangstür öffnete und eine zierliche Frau von ungefähr 65 Jahren heraustrat.

„ Mrs Wattson, darf ich Sie hereinbitten? Mr Stanton erwartet Sie bereits."

Jane fragte sich, woher die Dame wusste, wer sie war, und fragte unüberlegt nach

„ Ich bin Mrs Wattson, aber woher wissen Sie...?"

„ Mr Stanton hat Sie mir beschrieben, bitte folgen Sie mir."

Jane vermutete, dass es sich bei der freundlichen alten Lady um die Dame handeln musste, mit der Jane wegen des Hauses am See telefoniert hatte. Mr Stanton hatte sie als beschrieben, dachte Jane, als sie der Dame folgte. Doch Moment, wie konnte Mr Stanton Jane beschreiben, wenn sich die beiden noch nie gesehen hatten? Ihr ohnehin flaues Gefühl im Magen wegen des heutigen Treffens wurde immer stärker. Jane hoffte, den

Nachmittag gut zu überstehen und mit wichtigen Informationen nach Hause zurückkehren zu können, bevor sie vor Nervosität in Ohnmacht fiel. Du schaffst das, Jane Wattson! Mr Stanton kann dir sicherlich weiterhelfen, er muss einfach, ermutigte sie sich auf dem Weg ins Haus. Das Haus war drinnen noch prachtvoller als von außen. Nicht protzig, aber elegant und stilvoll.

Die Hausdame geleitete Jane in die Bibliothek und wies sie an, hier auf Mr Stanton zu warten.
Jane war überwältigt von den vielen wunderbaren Büchern. Als Schriftstellerin oder Kolumnistin war sie von Haus aus neugierig auf alles, was jemals geschrieben worden war, aber solch eine faszinierende Sammlung von Bildbänden, Romanen, Autobiografien, wissenschaftlichen Werken, Geschichtsbüchern und Gedichtbänden hatte Jane noch nie vorher gesehen.
„ Wahnsinn!", rief sie aus, „ hier könnte ich Ewigkeiten verbringen!", sagte sie unbedacht laut.

„ Meinen Segen haben Sie, Mrs Wattson."
Jane drehte sich ruckartig um und sah sich einem Mann von etwas mehr als 70 Jahren gegenüber. Er hielt sich mühevoll an einer Krücke fest, schien sich aber dennoch bester Gesundheit zu erfreuen. Er war stattlich, hervorragend gekleidet und besaß für sein Alter ein

verblüffend jugendliches Aussehen. Es lag an seinen Augen. Sie glänzten frech und passten zu dem Lächeln in seinem Gesicht. Trotzdem besaßen diese Augen, die ihr eigenartig bekannt vorkamen, eine unendlich tiefe Traurigkeit.

„ Mr Stanton, es tut mir Leid, ich wollte keinesfalls unhöflich klingen, ich bin nur schier überwältigt von den vielen Werken der Literatur, die Sie hier gesammelt haben."
„ Jane, Sie sind nicht unhöflich, ich kann Ihre Reaktion verstehen, Sie sind Autorin und ich teile Ihre Leidenschaft für Literatur. Bitte nehmen Sie Platz und bitte nennen Sie mich Johan."

Jane begab sich mit Johan zu einer gemütlichen Sitzecke inmitten der Bibliothek.
„Darf ich Ihnen etwas anbieten, Jane?"
Sie hätte einen Whisky vertragen können, der vielleicht ihre Aufregung ein wenig in den Griff bekommen hätte, aber in Anbetracht der Tageszeit entschied sie sich für eine Tasse Kaffee.
Johan klingelte und die Dame von vorhin trat ein. Sie hieß Rosa, wie Jane erfuhr, und wurde gebeten, zwei Tassen Kaffee zu servieren.

Als Rosa das Zimmer wieder verlassen hatte, fragte Jane:

„ Mr Stanton, gestatten Sie mir eine Frage, wie konnten Sie mich Ihrer Hausdame beschreiben, wenn wir uns doch noch nie vorher gesehen haben?" Johan lächelte und gab zurück:„ Sie sind mir genauestens von meinem Enkel beschrieben worden, Jane." Erstaunt entgegnete Jane: „Von Ihrem Enkel?"

„ Ja, Jane, von Mr James, meinem Verwalter, nebenberuflich ist er mein Enkel."

Er lachte herzhaft und erzählte Jane, dass Richard Ende der Woche aus Kanada zurückkommen würde und dann seine Pflichten wieder übernehmen sollte. Also war Richard Mr Stantons Enkel. Deshalb kamen ihr seine Augen so unglaublich bekannt vor. Sie konnte sich genau an Richards Gesicht erinnern und ein angenehm warmes Gefühl stieg in ihr auf, als sie an die Begegnung mit ihm zurückdachte.

Er war also die ganze Zeit in Kanada gewesen, kam aber bald zurück. Sie wusste nicht, warum, aber sie freute sich, Richard möglicherweise wiederzusehen.

Eine Weile unterhielten sich Johan und Jane zunächst über eher belanglose Dinge, offensichtlich war es von beiden beabsichtigt, sich etwas näher kennen zu lernen. Johan wusste über Jane bereits, dass sie freiberufliche Schriftstellerin war und für die lokale und überregionale

Zeitung arbeitete. Jane erfuhr von Johan, dass er noch immer die Immobilienfirma, die landesweit agierte, als Seniorpartner leitete. Doch auf Janes Nachfrage, ob denn sein Sohn auch hier wohne, beendete Johan kurzerhand das Thema und fragte Jane ohne Umschweife, was denn ihr Anliegen an ihn sei. Jane rang mit sich. Sie wusste nicht, wie sie Johan erklären sollte, was vorgefallen war, seit sie in seinem Haus am See wohnte, ohne dass er sie für verrückt halten musste.

„ Johan, ich weiß nicht, wie ich es erklären soll, ich befürchte, Sie glauben mir nicht und halten mich möglicherweise für psychisch labil, aber ich kann Ihnen versichern, es hat sich tatsächlich ereignet."

„ Jane, aber natürlich werde ich Ihnen glauben und ich werde Ihnen helfen, soweit es in meiner Macht steht." Da ihr Johan eine Art Sympathie entgegenbrachte, die sie selten erlebt hatte, und ihr das Gefühl gab, ihr wirklich helfen zu wollen, fasste sich Jane ein Herz und erzählte Johan von den seltsamen Begebenheiten. Sie berichtete von der weiblichen Stimme, die sie immer wieder rief, von den Wetterkapriolen am See, sobald Jane vor die Tür trat, und sie berichtete Johan auch von ihrem Traum. Dass sie allerdings nach dem Erwachen diese bedingungslose Liebe gespürt hatte, verschwieg sie ihm vorerst. Jane beobachtete die Reaktion von Johan während ihrer Schilderung genau. Das lag ihr im

Blut; als Autorin musste sie knallhart recherchieren, auch wenn es manchmal äußerst heikel war. Johan lächelte bei der Erzählungen von den Stimmen und dem ab und an vorkommenden kuriosen Wetterumschwung, doch sein Lächeln verschwand immer mehr, als Jane von ihrem Traum in der letzten Nacht erzählte. Dem gerade noch zuversichtlichen Lächeln kam ein vor Schmerz verzerrtes Gesicht zuvor, das an Traurigkeit kaum zu übertreffen war. Jane war schockiert.

„ Mr Stanton, ich wollte nicht...entschuldigen Sie, Johan, ist alles in Ordnung?"

Rosa kam gerade herein, um den herrlich duftenden Kaffee auf dem Tisch abzustellen, als Johan wortlos aufstand und den Raum verließ. Oh, mein Gott, dachte Jane, was habe ich nur getan? Ihr erster Gedanke war, dass sie sicher das Haus am See würde verlassen müssen. Jane wusste nicht, was sie tun sollte. Sie blieb sitzen und schaute auf die Tür, aus der Mr Stanton gerade gegangen war. Er war stark gehumpelt, das Laufen fiel im offensichtlich sehr schwer.

13

„ Mrs Wattson, warten Sie einfach hier, trinken Sie Ihren Kaffee, ich werde nachfragen, ob Mr Stanton noch an dem Gespräch mit Ihnen gelegen ist", erklärte sich Rosa bereit, die Situation aufzuklären.

Jane bedankte sich bei Rosa, wartete geduldig und trank ihren Kaffee. Eigentlich hatte sie sich einige Erklärungen erhofft, da Jane vermutete, dass es sich bei den seltsamen Begebenheiten am See nicht um irgendeine dumme Spinnerei handelte. Vielmehr hatte sie den Eindruck, auf der Spur eines Geheimnisses zu sein.

Mr Stantons Reaktion auf ihren Bericht war für Jane völlig unerwartet gekommen. Sie hätte damit gerechnet, von ihm belächelt zu werden, er hätte die Eindrücke und Träume ihrer blühenden Fantasie zuschreiben können, aber der Schrecken in seinen Augen und die unendliche Traurigkeit, die er plötzlich ausstrahlte, hatten sie verwirrt.

Hatte sie ihn verletzt? Hatte sie ihn in irgendeiner Form angegriffen, ohne es bemerkt zu haben?

Unruhig lief sie in der Bibliothek hin und her. Jane hoffte wirklich, dass er zurückkommen und sie nicht sofort aus dem Haus werfen würde. Dann wäre sie nicht einen Schritt weiter und wüsste nicht, wen sie noch um Hilfe und Antworten bitten könnte. Wer sollte sonst noch mit dem Haus zu tun haben? Wer könnte wissen, was es damit auf sich hatte? Richard vielleicht, dachte Jena, aber war er auch dazu bereit? Schließlich ging es offensichtlich um eine Familienangelegenheit.

Rosa betrat nach einiger Zeit die Bibliothek.

„ Mr Stanton bittet Sie, noch ein wenig zu warten. Er muss sich kurz ausruhen und ist dann wieder bei Ihnen. Wenn Sie möchten, kann ich Ihnen so lang das Gut zeigen, Mrs Wattson."

„ Sehr gerne, ich hoffe, es geht Mr Stanton gut, ich wollte ihn nicht....."

„ Nein, nein, machen Sie sich keine Sorgen, er ist sehr froh, dass Sie zu ihm gekommen sind, aber er ist derzeit gesundheitlich angeschlagen und braucht ein wenig Ruhe."

Die beiden Frauen gingen gemeinsam hinaus auf den Hof, liefen hinüber zu den Ställen und Jane bewunderte die wunderschönen Pferde. Rosa unterhielt sich angeregt und sehr freundlich mit Jane und beantwortete bereitwillig all ihre neugierigen Fragen. Sie war ganz anders als damals am Telefon.

„ Rosa, wie lange arbeiten Sie schon für Mr Stanton?"

„ Oh, ich kenne ihn seit genau 52 Jahren. Ich war damals 15 Jahre alt, als meine Mutter die Stelle im Haus seiner

Eltern antrat. Mr Stanton war damals 23 Jahre alt und ein hitzköpfiger, über beide Ohren verliebter Mann."

Sie lächelte, als sie sich erinnerte.

„ Als er dann später das Anwesen von seinem Vater übernahm, übernahm ich die Stelle meiner Mutter und seitdem bin ich hier", lächelte Rosa.

Sie schien glücklich mit ihrem Leben auf dem Gut zu sein.

„ Rosa, können Sie mir sagen, warum Mr Stanton vorhin unser Gespräch beendet hat? Ich habe ihm lediglich von einigen seltsamen Dingen am See erzählt und mir eigentlich ein paar klärende Antworten erhofft, als er so plötzlich den Raum verließ. Was habe ich getan?"

Rosa blickte Jane erschrocken an.

„ Darüber reden Sie besser mit Mr Stanton, das steht mir nicht zu, ich hoffe, Sie verstehen das. Lassen Sie uns zurückgehen!"

Es klang eher wie ein Befehl als ein Vorschlag, und als sie im Haus angekommen waren, entschuldigte sich Rosa, um nach Mr Stanton zu sehen.

„ Bitte warten Sie hier."

Nach einiger Zeit kam Mr Stanton herein und bat Jane, ihm zu folgen. Seine Anspannung hatte ein wenig nachgelassen, wie es aussah, doch war sein Blick noch immer traurig und nachdenklich. Er führte Jane in ein kleines Zimmer. Es war gemütlich eingerichtet, voller

Bilder und Andenken. Jane fühlte sich zurückversetzt in eine längst vergangene Zeit. Sie wurde von einer ungewöhnlichen Vertrautheit umgeben, spürte eine unbekannte Leidenschaft und Liebe, die aber nicht ihre zu sein schien. Und doch war Jane mit ihr verbunden. Und sie fühlte den Schmerz, unendlichen Schmerz.

„ Jane, ich möchte mich für mein Verhalten vorhin entschuldigen. Sie werden es irgendwann verstehen."

„ Bitte erklären Sie mir, was mit dem Haus am See nicht stimmt, helfen Sie mir zu verstehen, was dort vor sich geht. Ich möchte nicht, dass Sie glauben, ich sei verrückt, und ich weiß, dass Sie mir alles erklären können. Ich wollte Sie nicht verletzen bei unserem Gespräch, doch ich habe es offensichtlich getan. Es tut mir Leid."

Johan war Janes Nervosität nicht entgangen und auch nicht ihre fast körperlich spürbare Reaktion auf sein Arbeitszimmer.

Es war sein Raum der Ruhe und Entspannung, sein Ort der Liebe, Erinnerung und der Trauer.

„ Jane, ich werde Ihnen helfen, alles zu verstehen. Haben Sie Geduld. Seien Sie gewiss, Sie sind nicht verrückt, nein, Sie sind vielmehr die Person, auf die ich möglicherweise schon lange gewartet habe. *Sie* können *mir* helfen, Jane. Würden Sie das tun?"

Verwirrt schaute Jane Johan an. Wie konnte sie ihm helfen? Sie wusste nicht, was sie sagen sollte. Sie war vollkommen durcheinander. Ihre Empfindungen in ihrem und in Johans Haus hatten sie völlig überfordert. Sie brauchte Zeit zum Nachdenken. Sie musste irgendwie versuchen, ihre Gedanken zu ordnen.

„ Mr Stanton...."

„ Johan bitte...", entgegnete er.

„ Johan, was könnte ich schon für Sie tun?", fragte sie in Erwartung einer vielleicht unmöglichen Bitte.

„ Ich möchte, dass Sie nach Schottland reisen und für mich eine Frau finden. Dieser Frau übergeben Sie dann bitte einen Brief von mir. Ich bin sicher, dass Sie herausfinden können, wo sie lebt. Es ist mir sehr wichtig, dass mein Brief diese Frau erreicht. Sie sehen ja selbst, dass ich nicht mehr in der Lage bin, eine solche Reise auf mich zu nehmen. Ich bin ein alter Mann von 73 Jahren. Würden sie mir meinen Wunsch erfüllen, Jane?"

Damit hatte Jane überhaupt nicht gerechnet. Sie sollte für ihn recherchieren, wo diese ominöse Frau lebte, und ihr einen Brief übergeben. Aber warum ausgerechnet sie?

„ Und, Jane, ich möchte, dass Sie mit Richard reisen. Nach Ihrer Heimkehr bin ich bereit, Ihnen und auch Richard alles zu erzählen."

Wie bitte? Sie sollte mit Richard auf die Suche nach dieser Frau gehen? Würde er das überhaupt wollen? Und war sie bereit dazu?

Johan sah, wie sie mit sich rang. Es war natürlich im Moment alles ein bisschen viel für sie, das verstand er sehr gut. Doch er war sich auch sicher, dass Jane diejenige war, die ihm helfen konnte. Sie und Richard konnten ihm helfen, sein Glück im Alter doch noch zu finden und ihm seine Lebenslüge, seine Last abzunehmen.

Er hätte auch Richard schon vor Jahren alles über die Familie erzählen sollen, aber Johan hatte den Zeitpunkt nie für richtig gehalten. Bis ihm Richard von Jane erzählte. Johan war nicht entgangen, welches Glitzern sich in Richards Augen spiegelte, als er von seiner Begegnung mit Jane berichtete, von der Hausbesichtigung, Janes Reaktion auf das Haus und die Verabredung am nächsten Tag. Johan war klar, dass sich Richard seiner Gefühle noch nicht bewusst war, doch er wusste, dass sie da waren.

„ Johan, ich bin ein wenig durcheinander wegen Ihrer Bitte, zumal ich mit einem mir fremden Mann eine Reise antreten soll. Ich bin nicht sicher, ob ich Ihnen helfen kann, aber ich werde darüber nachdenken. Geben Sie mir ein wenig Zeit!"

Johan wollte sie nicht drängen, sie kannten sich ja kaum und gab ihr natürlich Bedenkzeit.

„ Ich werde mich in den nächsten Tagen bei Ihnen melden, Johan, und Sie wissen lassen, ob ich Ihrem Wunsch nachkommen kann. Entschuldigen Sie mich bitte, aber ich sollte jetzt gehen."

Als Johan Jane aus dem Haus begleitet hatte, sah er ihr noch eine Weile nach. Er hoffte inständig, dass es eine gute Idee gewesen war, Jane darum zu bitten. Und wenn Richard nach Hause kam, musste er auch ihn davon überzeugen, seinem Wunsch nachzukommen. Eine kleine Hand legte sich behutsam auf seinen Unterarm.

„ Es wird gut, endlich wird alles gut, Johan", vernahm er die leise Stimme von Rosa.

14

Wo war sie nur hineingeraten, dachte Jane, als sie ihren Wagen durch die wunderschöne Gegend lenkte. England war traumhaft zu dieser Jahreszeit, bevor der Regen das Land für lange Zeit heimsuchte. Jane musste noch eine ganze Weile fahren, genug Zeit also, um über alles nachzudenken. Sie hatte eigentlich gehofft, von Johan Stanton einiges über das Haus zu erfahren.

Erfahren hatte sie darüber allerdings nichts, aber sie war sich sicherer denn je, dass ihr Haus am See ein Geheimnis barg. Und es war Zeit, es zu lüften.

Als Jane am nächsten Morgen bei ihrer Agentin anrief, um sie um eine kleine Auszeit zu bitten, befürchtete sie schon, sich damit Ärger einzuhandeln. Aber wider Erwarten war Nelly sogar richtig begeistert, als sie erfuhr, was Jane vorhatte.

„ Jane, das ist wunderbar, diese Chance solltest du unbedingt nutzen, nicht nur, um einmal auf andere Gedanken zu kommen. Vielleicht findest du ein paar inspirierende Dinge für deinen Roman. Ich kann dir noch ungefähr vier bis fünf Wochen beim Verlag herausschinden, aber dann solltest du einen groben Entwurf oder zumindest eine gute Idee parat haben."

Ach ja, der Roman. Jane konnte sich noch immer nicht mit einem Liebesroman anfreunden, so etwas lag ihr einfach nicht. Aber Nelly hatte Recht, vielleicht wurde sie ja wirklich von Land und Leuten inspiriert und brachte am Ende ein halbwegs lesbares Buch zustande.
„ Ich danke dir, Nelly, bis bald und wünsche mir Glück"

Sie hatte sich also entschieden. Sie würde nach Schottland fahren. Vielleicht mit Richard. Sie konnte sich nicht vorstellen, dass er nach seiner Rückkehr aus Kanada so erpicht darauf war, mit ihr nach Schottland zu fahren. Und das, um für seinen Großvater einen geheimnisvollen Brief an eine noch geheimnisvollere Frau zu übergeben . Und sie kannten sich kaum. Aber vielleicht war er ja auch so neugierig wie sie und ließ sich auf das Abenteuer ein.

Jane verbrachte einen ruhigen Tag in ihrem gemütlichen Heim. Sie fühlte sich wirklich wohl hier, wenn man die eigenartigen Ereignisse außer Acht ließ. Sie hatte keine Angst, ihre Intuition sagte ihr, dass ihr nichts zustoßen würde, aber dennoch umfing sie immer wieder ein klammes Gefühl, wenn sie zu Hause war.
Sie würde erfahren, was es mit dem Anwesen auf sich hatte, und freute sich schon darauf, Mr Stanton mitzuteilen, dass sie seiner Bitte nachkommen würde.

15

Richard war zurück in England. Er hatte sich seinen Kindheitstraum erfüllt und Kanada zusammen mit seinem besten Freund Simon erkundet. Nach dem ewig dauernden Flug hatte er sich mit Simon noch einen Drink in der Bar am Flughafen gegönnt, um auf die gelungene Reise anzustoßen. Dann hatten sich die beiden voneinander verabschiedet. Richard freute sich auf sein gemütliches Cottage auf dem Gut seines Großvaters. Doch er war sich darüber im Klaren, dass er auch bald seine Aufgaben in der Firma wieder übernehmen musste. Bisher hatte er das nicht vermisst.

Aber er würde seinen Großvater nie im Stich lassen, er hatte ihm viel zu verdanken. Er dachte an seine Eltern, die bei einem tragischen Unfall ums Leben gekommen waren, als er gerade 8 Jahre alt war. Sein Großvater und Rosa kümmerte sich seither um ihn, den eigenen Kummer über den Tod des Sohnes verdrängend. Aber Richard wusste, welchen Schmerz sein Großvater ertrug, und je älter Richard wurde, umso deutlicher wurde ihm, dass Johan noch eine andere Last zu tragen hatte. Richard hatte Johan vor langer Zeit während eines Familienfestes beiseite genommen und gefragt, warum er denn schon so lange nicht richtig laufen konnte.

Er war damals vielleicht 12 Jahre alt gewesen und hatte sich nichts weiter bei der Frage gedacht. Richard würde Johans Gesichtsausdruck und seine Antwort nie vergessen: Junge, frage nicht danach, dir die Geschichte zu erzählen würde mich umbringen!

Seither hatte er seinen Großvater nicht mehr auf seine Verletzung und seine Traurigkeit angesprochen. Er schrieb den Großteil dem grausamen Verlust seinen Sohnes, Richards Vater, zu.

Richard warf seine Sachen achtlos in die Ecke seines kleinen Wohnzimmers, ging die schmale Treppe hinauf ins Badezimmer und ließ sich ein Bad ein. Darauf hatte er sich seit dem Aufbruch in Kanada am vergangenen Tag gefreut. Nach dem Bad wollte er sofort zu Großvaters Haus hinübergehen, um ihn und Rosa zu begrüßen. Er hatte die beiden vermisst und bei der Gelegenheit konnte er auch gleich ein wenig den immer gut gefüllten Kühlschrank plündern.

Richard war erschöpft von der Reise und döste im heißen Badewasser ein, bis ihn das Klingeln des Telefons aus dem Schlaf riss. Schlaftrunken stieg er aus dem Wasser und nahm den Hörer ab. Es war Rosa, die ihn herzlich zu Hause willkommen hieß und ihn auf Anweisung Johans dringend bat herüberzukommen. Richard lächelte und sagte:

„ Aber natürlich komme ich sofort rüber, ich bin am Verhungern, sage Großvater, ich bin gleich da, ja?"

Richard legte auf, zog sich schnell etwas Frisches an und verließ das Cottage in Richtung Herrenhaus.

Johan Stanton war überglücklich, seinen Enkel wieder in die Arme schließen zu können. Er war nicht begeistert gewesen, als Richard ihm erklärt hatte, für 4 Monate nach Kanada gehen zu wollen. Johan hatte sich zu viele Sorgen gemacht. Richard hätte etwas zustoßen können.

„ Mein lieber Junge, bin ich froh, dass du wieder zu Hause bist! Komm setz dich und iss, Rosa hat dir ein kleines Festmahl vorbereitet und dann müssen wir über deine Aufträge sprechen."

Richard hatte es ja schon befürchtet, kaum war er wieder da, sollte er auch schon die Geschäftsleitung der Immobilienfirma seines Großvaters wieder übernehmen. Na ja, so schlimm war es ja nun auch nicht, er mochte seine Arbeit und noch mehr mochte er es, wenn sein Großvater zufrieden mit ihm war. Nach dem Essen bat Johan Richard, ihm in sein Arbeitszimmer zu folgen. Richard war mehr als erstaunt darüber, durfte doch sonst niemand außer Johan dieses Zimmer betreten. Einmal, Richard war vielleicht 11 oder 12 Jahre alt gewesen, hatte er sich heimlich in das Zimmer geschlichen. Richard war damals völlig verwirrt gewesen wegen der vielen Bilder von fremden Leuten und Andenken, die Richard noch nie gesehen hatte. Er hatte nie jemandem erzählt, dass er in dem Zimmer gewesen war.

Er konnte sich an das Bild einer Frau erinnern, die auf fast allen Fotografien zu sehen war. Er kannte sie nicht, doch seinem Großvater schien sie wirklich viel zu bedeuten. Obwohl Richard seine Großmutter nicht mehr kennen gelernt hatte, wusste er, dass sie es nicht war, die auf den Bildern zu sehen war.

Richard folgte seinem Großvater in das Zimmer. Es hatte sich seit damals nichts geändert. Richard war ein wenig verlegen und hatte ein beklemmendes Gefühl.

Niemand hatte das Zimmer je betreten dürfen, warum dann jetzt? Warum er? Irgendetwas schien nicht in Ordnung zu sein.

„ Richard, mein Junge, du musst dir keine Sorgen machen, ich habe dich mit in mein Zimmer genommen, weil ich etwas Wichtiges mit dir zu besprechen habe. Es gibt etwas, worüber ich bisher nur mit einem einzigen Menschen gesprochen habe. Ich trage dieses Geheimnis seit jungen Jahren als schwere Last auf meinen Schultern. Nein, vielmehr in meinem Herzen, Richard. Rosa ist die Einzige, die mein ganzes Leid kennt. Doch es ist endlich an der Zeit, dir das Geheimnis unserer Familie zu erzählen. Du kannst mir dabei helfen. Ich bitte dich inständig, mir einen großen Gefallen zu tun, um diesen Weg gehen zu können."

Richard war geschockt. Ein Geheimnis innerhalb der Familie! Johan sprach von Leid, welches nur Rosa kannte. War es eine Art Krankheit, die ihre Familie heimsuchte und von der Großvater Richard jetzt erzählen wollte? Hatte es mit der Traurigkeit zu tun, die Richard bei seinem Großvater all die Jahre nicht entgangen war? Vielleicht auch mit der Verletzung? Richards Gedanken schwirrten wild durcheinander, er konnte keinen klaren Gedanken mehr fassen. Er machte sich große Sorgen um seinen Großvater.

„Großvater, was ist los? Geht es dir gut?", fragte Richard sichtlich nervös.

„ Es geht mir gut, es ist alles in bester Ordnung, Junge, ich brauche lediglich deine Hilfe. Ich möchte, dass du zusammen mit Jane Wattson nach Schottland fährst und eine Frau für mich findest. Ihr sollt ihr dann einen Brief von mir übergeben. Erst wenn ihr beide mir diesen Wunsch erfüllt habt, kann ich euch die ganze Wahrheit erzählen."

Jetzt hielt Richard seinen Großvater doch langsam für ein wenig verrückt. Er sollte auf die Suche nach einer Frau gehen, zu der Johan offensichtlich keinen Kontakt hatte. Und dann noch mit Jane, die er kaum kannte.

Doch sein Großvater kannte sie doch auch nicht, sie war lediglich die Mieterin des Hauses am See. Sicher, Johan hatte Richard erzählt, dass er Jane überaus nett fände, auch wenn die beiden nur telefoniert hatten, Johan war ein Menschenkenner wie kein anderer. Aber war das alles nicht ein bisschen übertrieben?

Ja, Jane gefiel Richard, dennoch hielt er eine gemeinsame Reise nicht unbedingt für eine gute Idee.

„ Großvater, ich weiß nicht,…ich kann dir versichern, alles für dich zu tun, aber warum soll ich Jane Wattson mit auf die Suche nach dieser Frau nehmen, das verstehe ich nicht...‟

„ Richard, sie ist die Richtige, sie sollte dich begleiten, ich weiß es einfach, vertraue mir. Außerdem hat Jane die Möglichkeit, über ihren Verlag viel zu recherchieren, was hilfreich sein könnte. Sie wird sich sicher bald melden und ich bin zuversichtlich, dass sie der Reise zustimmt.‟

Johan hatte also schon mit Jane gesprochen. Was dachte sie darüber? Sie war die Richtige, ah, aber wofür war sie die Richtige, fragte sich Richard.

Er hatte ja mit allem gerechnet, dass sein Großvater ihn wegen seiner langen Abwesenheit mit Aufträgen überhäufen würde vielleicht, aber mit diesem „Auftrag‟ hatte er nicht gerechnet.

Johan bat Richard, darüber nachzudenken und ihm am nächsten Tag Bescheid zu geben. Johan verließ das Arbeitszimmer und ließ Richard zurück. Er sah sich, noch immer etwas durcheinander, um und entdeckte unzählige Bilder, Kästchen, Deckchen und Figuren. Und er sah wieder das Bild dieser fremden Frau. Eine unerwartete Wärme stieg bei ihrem Anblick in ihm auf, er wurde sich einer Empfindung bewusst, die er nicht beschreiben konnte. Richard spürte eine starke Kraft, die ihm ein Lächeln auf die Lippen zauberte.

16

Richard nahm sich vor, sich am nächsten Morgen bei Jane zu melden. Er konnte sich nicht vorstellen, dass Jane so einfach mit ihm für ein paar Tage oder Wochen nach Schottland fahren würde, um seinem Großvater einen Gefallen zu erweisen. Obwohl Richard der Gedanke daran, mit Jane allein zu sein und sie kennen zu lernen, wirklich sehr gefiel.

Jane hatte in der Nacht sehr gut geschlafen. Der Traum war wiedergekehrt, doch war er diesmal nicht mehr so beängstigend. Es war zwar, genau wie beim letzten Mal, überall Wasser, und eine erdrückende Stille und Verzweiflung war zu spüren, doch wachte Jane diesmal mit der Gewissheit auf, dass ein schreckliches Ereignis mit ihrer Hilfe wieder gutgemacht werden konnte. Sie musste Johan einfach helfen, sie wusste, dass es ihm sehr wichtig war und sie glaubte, dass er dadurch ein wenig von seiner Traurigkeit verlieren würde.

Das Telefon klingelte, gerade als Jane in die Küche kam, um sich etwas zu essen zu machen. Nach dem Frühstück wollte sie sich bei Johan melden, um ihm ihre Hilfe anzubieten und der Reise zuzustimmen. Sie war aber dennoch ein wenig nervös, weil sie nicht wusste, wie Richard auf dieses Abenteuer reagiert hatte. Inzwischen war er sicher aus Kanada zurück und Johan hatte mit ihm gesprochen.

Jane nahm den Hörer ab.

„ Jane Wattson, hallo!" Mit dem Hörer am Ohr nahm sich Jane eine Tasse aus dem Schrank.

„ Richard James, guten Morgen, Jane!"

Jane wäre beinahe die Tasse aus der Hand gefallen, als sie Richards Stimme hörte.

„ Richard, guten Morgen! Sie sind zurück von Ihrer Reise?"

Sie wusste nicht, was sie sagen sollte, konnte sich aber denken, warum er anrief. Johan hatte bestimmt mit ihm über Schottland gesprochen und jetzt wollte er ihr sagen, wie absurd er das fände.

„ Ja, ich bin zurück und es war eine interessante Zeit. Kanada ist ein tolles Land. Jane, ich glaube, Sie wissen, warum ich anrufe, wir sollten über die Idee von Mr Stanton reden."

„ Ihrem Großvater, ja."

Das wusste sie also bereits. Richard erwähnte es ungern, der Enkel des Immobilienmoguls Stanton zu sein, das setzte ihn und seine Kunden seiner Meinung nach unnötig unter Druck, wenn es um geschäftliche Dinge ging. Da er den Familiennamen seiner Mutter trug, war es oft wenig schwierig, seine familiären Wurzeln zu verschweigen.

„ Ich habe heute noch ein paar Dinge zu erledigen, würde aber gegen Mittag gerne bei Ihnen vorbeikommen, um mit Ihnen über die Angelegenheit zu sprechen. Wäre Ihnen das recht?"

Natürlich war Jane einverstanden.

Sie würde Richard sagen, dass sie notfalls allein fahren würde, wenn er nicht mitkam.

Die beiden verabredeten sich für die Mittagszeit. Da Jane noch eine Menge zu tun hatte, verging die Zeit wie im Flug, und als sie auf die Uhr sah, war es bereits nach 11.

Mit einem Mal wurde Jane nervös. Schnell rannte sie hinauf in ihr Schlafzimmer, schaute in den Schrank und kramte nach einer frischen Jeans und einem legeren, aber schicken Oberteil. Sie nahm die Sachen mit ins Badezimmer und sprang unter die Dusche. Als das Wasser über ihren Körper rann, fragte sie sich, was zum Teufel nur mit ihr los war? Warum machte sie sich solch eine Mühe?

Sie wollte einen guten Eindruck auf Richard machen, na toll! Sie benahm sich ja wie ein Teenager. Seit der Trennung von Connor hatte sie sich nicht mehr so gefühlt und ein Lächeln legte sich auf ihre Lippen.

Frisch geduscht und umgezogen ging sie noch mal hinüber ins Schlafzimmer, als erneut der Wind die Balkontür aufschlug und Jane das leise Lachen einer Frau hörte... Sie ist da, dachte Jane.

Wenig später hörte sie einen Wagen die Einfahrt herunterkommen. Sie sah aus dem Küchenfenster und konnte Richard beobachten, als er aus dem Wagen stieg. Er hatte sich nicht verändert, er war groß, kräftig und hatte wunderschöne blonde Locken, die jetzt richtig zur Geltung kamen. Bei ihrem Treffen vor einigen Monaten hatte Richard die Haare viel kürzer getragen, sodass Jane seine Locken gar nicht wahrgenommen hatte. Er wandte sich zum Haus und Jane sah seine traumhaft schönen Augen. Dunkelbraun mussten sie sein und von einer unendlichen Tiefe, dass man sich darin verlieren konnte. Plötzlich drehte sich Richard ruckartig um und blickte auf den See hinunter. Aus ihrer Schwärmerei gerissen, folgte Jane seinem Blick, konnte aber nichts erkennen. Sie sah, wie mit einem Mal ein starker Wind aufkam und Richard in die Haare fuhr. Unvermittelt nahm er schützend die Arme vor seinen Oberkörper. Er drehte sich um und ging auf das Haus zu. Jane sah seinen verwirrten Blick. Was war gerade passiert? Hatte er sie auch gehört? Sollte sie ihn danach fragen?

Richard klopfte an die Tür und Jane öffnete.
„ Hallo, Richard, schön Sie zu sehen, kommen Sie bitte herein." Als Jane so vor ihm stand, bekam Richard im ersten Moment keinen Ton heraus. Sie war so hübsch wie vor ein paar Monaten, so natürlich mit ihrem dunkelbraunen Haar, den grünen Augen und den winzigen Sommersprossen in ihrem schmalen Gesicht. Sie trug eine eng sitzende Jeans, die ihre zierliche Figur betonte. Richard war überwältigt von ihrem Anblick. Etwas überrascht von seiner eigenen Reaktion folgte er Jane in das gemütliche Esszimmer.
„ Darf ich Ihnen etwas anbieten, Richard? Einen Kaffee oder Tee vielleicht?"

„ Einen Tee bitte.", antwortete Richard, obwohl er sich gar nichts aus Tee machte. Herrje, sie brachte ihn tatsächlich durcheinander. Er konnte sich nicht erinnern, wann er das letzte Mal in Gegenwart einer Frau so nervös gewesen war. Sonst war er doch derjenige, der mit Frauen souverän und selbstbewusst umgehen konnte.

Bei Jane war das anders. Jane kam mit dem Tee an den Tisch zurück und setzte sich.

„ Sie wollten also mit mir über die Angelegenheit Ihres Großvaters reden, Richard. Ich muss Ihnen sagen, dass ich anfangs auch ein wenig überrascht war, und ich kann Ihnen auch nicht erklären, warum er mich um diesen Gefallen gebeten hat. Ich hatte mir von Ihrem Großvater nur ein paar Antworten erhofft, die das Haus betreffen.

Doch ich habe darüber nachgedacht und würde ihm seinen Wunsch gerne erfüllen. Richard, bevor Sie mir erklären, dass wir beide uns zu wenig kennen, um gemeinsam auf diese Reise nach Schottland zu gehen, möchte ich Ihnen sagen, dass ich auch allein fahren würde."

Mit diesem Statement holte Jane Richard auf den Boden der Tatsachen zurück. Sie hatte also auch Bedenken, die Reise zusammen zu unternehmen. Aber je mehr Richard darüber nachdachte, desto sicherer war er sich, mit Jane zusammen auf die Suche nach dieser Frau gehen zu wollen. Was sollte schief gehen? Es war der Wunsch seines Großvaters und auch, wenn beide den Grund dafür nicht kannten, sollten sie doch gemeinsam diese Reise unternehmen.

Völlig unerwartet stand Richard auf, ging ein paar Schritte im Esszimmer auf und ab und sah Jane unverwandt an. Sie befürchtete schon, dass er ihr in einem herablassenden Ton erklären würde, wie unsinnig die ganze Idee war, als er plötzlich inne hielt und sagte:

„ Jane, ich würde dem Wunsch meines Großvaters gerne nachkommen, mit Ihnen zusammen. Was sagen Sie? Sind Sie dabei?"

Nun war es an Jane, Richard verblüfft anzustarren.

„ Eh...ja, ich denke schon", brachte sie vorsichtig heraus.

„ Schön! Dann lassen Sie uns sofort zu Großvater fahren und ihm die Neuigkeiten erzählen, was meinen Sie?"

Jane war einverstanden, sie wollte ja heute sowieso bei Johan anrufen und der Reise zustimmen. Sie bat Richard, noch kurz auf sie zu warten, damit sie sich umziehen konnte.

„ Ziehen Sie sich warm an, Jane, hier bei Ihnen scheint das Wetter ein wenig verrückt zu spielen. Als ich vorhin ankam, überraschte mich ein kräftiger Wind, der vom See her zu kommen schien."

Dass er dabei ein eigenartiges Geräusch, vielmehr etwas wie eine Art Flüstern gehört hatte, verschwieg er Jane besser. Jane musste schmunzeln. Was oder wer auch immer sie war, sie war hier und hatte Richard auf ihre Art begrüßt.

17

Die beiden fuhren zum Anwesen der Stantons. Rosa kam ihnen bereits auf der Treppe entgegen und führte die beiden in das Arbeitszimmer von Johan. Als Johan aufsah, war er freudig überrascht, die beiden zusammen zu sehen.

„ Setzt euch, ich bin froh, dass ihr hier seid." Rosa kam mit Kaffee und Richards Lieblingskeksen zur Tür herein und zwinkerte Johan zu. Jane war es aufgefallen und sie dachte sich, dass Rosa und Johan doch sehr viel mehr verband als das bloße Dienstverhältnis.

„Großvater, Jane und ich haben uns kurz über die Sache unterhalten, um die du uns gebeten hast. Ich glaube, wir sind uns einig geworden, dir zu helfen, nicht wahr, Jane?"

Jane nickte.

„ Aber Johan, bitte gestatten Sie mir noch eine Frage. Warum wollen Sie diese Frau jetzt finden?"

„ Jane, ich kann Ihnen beiden nur so viel sagen, dass mich mit dieser Frau eine längst vergangene Angelegenheit verbindet. Ich habe jahrelang nicht gewusst, dass sie ein wichtiger Teil meiner Vergangenheit ist und ich habe ihr lange Zeit etwas vorenthalten. Sie hat endlich das Recht, alles zu erfahren und ich glaube, dann kann ich und auch sie wieder glücklich werden."

„ Aber bist du dir sicher, dass wir sie finden, dass sie noch lebt?", fragte Richard vorsichtig nach.

„ Ja, mein Junge, sie lebt, das weiß ich. Ich weiß es, seitdem ich mit Jane gesprochen habe. Die Ereignisse im Haus am See, von denen mir Jane erzählt hat, haben mir gezeigt, dass ich noch diese letzte Chance habe, meine Vergangenheit und die Rebeccas aufzuarbeiten."

„ Rebecca?", fragte Jane neugierig.

„ Rebecca Mc Cathy, sie ist die Frau, die Sie beide für mich finden sollen, Jane."

„ Und wir sollen ihr einen Brief überbringen, Großvater?", fragte Richard.

„ Ja, einen Brief, in dem ich versuche, ihr alles zu erklären."

Jane war inzwischen begeistert von der Idee, nach Mrs Mc Cathy zu suchen. Sie würde über ihren Verlag recherchieren und vielleicht hatten sie tatsächlich Glück und bekamen ein paar wichtige Informationen. Das liebte Jane so an ihrem Beruf.

„ Haben Sie denn ein paar Informationen zu Rebecca? Vielleicht, wo sie damals gewohnt hat oder ob es noch Angehörige gibt?", fragte Jane.

„ Sie wurde am 02.10.1943 hier in Cumbria, Ambleside, geboren und hatte eine Schwester. Ihre Eltern sind früh verstorben und die Großeltern haben sich damals um die Mädchen gekümmert. Es muss der neunte oder zehnte Oktober 63 gewesen sein, als ich sie das letzte Mal sah. Sie wollte immer nach Schottland. Ich bin nicht sicher, ob sie damals schon dorthin gegangen ist, aber es ist durchaus möglich.", erklärte Johan.

„ Reicht das für Sie aus Jane, um herauszufinden, wo sich Rebecca aufhält?"

Es könnte tatsächlich ausreichen oder zumindest wäre es ein Anfang.

Nachdem sich die beiden von Johan verabschiedet hatten, blieb er noch eine ganze Weile in seinem Arbeitszimmer und betrachtete seine Bilder.

Sie war so wunderschön gewesen, so zart, so liebenswürdig,....sie war sein Leben gewesen. Tränen des Kummers übermannten ihn.

Langsam stand er auf und sah hinaus auf den Hof. Jane und Richard standen noch vor seinem Wagen und unterhielten sich, bevor sie einstiegen und wegfuhren. Der Anblick der beiden berührte Johan. Er fühlte, dass die Zeit gekommen war. Für sich und für die beiden. Ein Lächeln huschte über sein trauriges Gesicht. Jane und Richard hatten sich gefunden, er bezweifelte aber, dass es den beiden schon bewusst war. Er würde wohl noch etwas Geduld haben müssen. Vorerst vertraute Johan darauf, dass sie Rebecca finden und ihr den Brief übergeben würden. Und die Brosche.

18

Richard hatte Jane angeboten, noch etwas essen zu gehen und sie dann nach Hause zu bringen. Da Jane hungrig war und zu Hause nur ein leerer Kühlschrank auf sie wartete, willigte sie ein. Richard führte Jane in ein gemütliches kleines Restaurant, das außerhalb der Stadt lag. Sie verbrachten einen schönen Abend zusammen, unterhielten sich über den Nachmittag bei Johan, jedoch ohne zu irgendeinem Ergebnis zu kommen. Johan hatte den beiden nur noch mehr Rätsel aufgegeben. Sie beschlossen, erst einmal mehr Informationen zu beschaffen, bevor sie weiter spekulierten. Den restlichen Abend genossen sie ihr hervorragendes Essen und redeten über Kanada.
Beide bemerkten schnell, dass sie sich ein wenig näher gekommen waren, doch es war eine unerklärliche Barriere zwischen ihnen spürbar.

Richard brachte Jane nach Hause. Er stieg aus dem Wagen, um ihr die Tür zu öffnen. Jane hatte auf der Rückfahrt überlegt, Richard noch auf einen Kaffee ins Haus zu bitten. Als aber die beiden vor dem Wagen standen, kam urplötzlich erneut ein starker Wind auf. Erschrocken blickten sie zum See, von dem die Windböe kam. Ein leises Wimmern war zu hören, ganz leise. Jane und Richard schauten sich an und Jane konnte das Unverständnis in Richards Blick sehen.

„ Kommen Sie doch bitte noch mit rein, ich glaube, ich sollte Ihnen etwas erzählen."

Etwas verwirrt, aber froh, dass Jane ihn gefragt hatte, ging er mit ihr ins Haus. Als sie im Haus waren, bemerkte Jane, dass im Schlafzimmer die Balkontür auf und zu flog. Sie war sich nicht sicher, ob sie hinaufgehen sollte, um die Tür zu schließen. Es kam Jane so vor, als sei sie hier, als sei es ihr wichtig, sich bemerkbar zu machen. War es wegen Richard? Vorher hatte es diese mysteriösen Stimmen und das Aufbäumen des Sees nur gegeben, wenn Jane alleine war. Waren Besucher hier, war alles stets ruhig und friedlich. Aber Jane hatte es bereits am Mittag, als Richard aus dem Wagen gestiegen war, bemerkt. Es war äußerst merkwürdig. Jane bat Richard, schon einmal ins Wohnzimmer zu gehen, und ging nach oben. Schon im oberen Flur konnte sie die leise Stimme hören. Die Tür flog auf und Jane vernahm deutlich die Worte:

, Helft zu vergeben! ´

Mit einem Mal war alles ruhig. Der Wind hatte sich gelegt, das leise Rufen war verstummt. Jane musste eine Weile fassungslos im Schlafzimmer gestanden haben, als sie Richard hinter sich sagen hörte:

„ Jane, ist alles in Ordnung? Sie sehen ja furchtbar aus!"
Völlig durcheinander drehte sich Jane zu Richard um. Er
sah ihr direkt in die Augen, konnte ihren noch immer
erstarrten Blick sehen, der aber allmählich einem
weichen, liebevollen Blick wich. Nein, sie sah nicht
furchtbar aus, sie war wunderschön, ihre Augen, ihr
Mund...langsam umfasste Richard ihren Kopf und
näherte sich ihrem sinnlichen Mund. Ihre weichen
Lippen berührten ganz zögerlich die seinen, langsam
wurde der Kuss immer inniger, immer tiefer, bis die
beiden in einer nie erlebten Leidenschaft gefangen
waren. Sie hatten so etwas Faszinierendes noch nicht
erlebt, und als sie sich vorsichtig voneinander lösten und
gegenüberstanden, waren beide von ihren Gefühlen
vollkommen überwältigt.
Richard gewann als Erster seine Fassung wieder.
„ Jane, es tut mir Leid, ich weiß nicht...ich wollte dich
nicht..."
„ Schon gut, Richard, lass uns über andere Dinge reden."
Jane versuchte das Erlebnis aus gutem Grund zu
verdrängen.

Wie selbstverständlich duzten sich die beiden jetzt und
gingen hinunter ins Wohnzimmer. Bei einem Glas Wein
begann Jane zu erzählen, was sich seit ihrem Einzug
ereignet hatte.

Richard hörte Jane gespannt zu und beobachtete sie genau, als sie ihm von der immer wiederkehrenden Stimme erzählte, vom plötzlichen Aufbrausen des Windes über dem See und von ihrem Traum, der so lebhaft und echt war. Sie überlegte kurz, ob sie Richard von ihrem friedlichen Gefühl von Liebe nach dem Traum berichten sollte...sie tat es einfach.

Richard war fasziniert und verwirrt zugleich, nicht allein wegen Janes Erzählungen, mehr noch von ihr selbst. Das, worüber sie sprach, schien sie vollkommen einzunehmen.

Richard erzählte Jane davon, dass auch er sich bei der Ankunft bei ihr ziemlich merkwürdig gefühlt hatte, der plötzliche Wind, ein Wimmern. Er konnte sich das alles nicht erklären.

„ Weißt du", begann Jane, „ ich denke, sie möchte uns etwas mitteilen. Sie, deren Stimme ich höre. Ich glaube auch, dass es ihr wichtig ist, dass du hier bist. Bisher hat sie sich nicht bemerkbar gemacht, wenn ich Besuch hatte oder als meine Eltern hier waren. Aber als du hierher zu mir kamst, zeigte sie sich auf ihre Art. Das finde ich erstaunlich. Ich habe das Gefühl, sie möchte, dass wir beide ihr helfen. Vorhin im Schlafzimmer hat sie gesagt:

, Helft zu vergeben´!"

Richard hörte Jane aufmerksam zu. Auch er hatte sich einige Gedanken darüber gemacht, konnte das Geschehene aber nicht einordnen und tat es noch immer als eine Art Laune der Natur ab.

„ Als ich mich mit Johan über diese Dinge hier am See unterhalten habe, war er nicht verwundert, er hat sogar gelächelt, als würde er das alles kennen. Bis ich ihm von dem Traum erzählt habe. Er war plötzlich ganz ruhig und begann zu weinen, bevor er den Raum verließ. Richard, ich glaube, Johan weiß sehr wohl, was hier vor sich geht, und ich bin mir sicher, es hat mit dieser Frau zu tun, die wir für ihn finden sollen."

Richard dachte nach. Jane könnte Recht haben, aber das würden sie nur herausfinden, wenn sie sich auf die Suche machten.

„ Jane, wir sollten anfangen, Rebecca zu suchen. Wie wäre es, wenn du morgen mit deinen Recherchen beginnst und ich versuche, Großvater noch ein paar Informationen zu entlocken. Vielleicht treffen wir uns morgen bei mir zu einer kleinen Bestandsaufnahme, was meinst du? Ich wohne in dem kleinen Cottage auf Großvaters Gut, du kennst ja den Weg. Sagen wir 6 Uhr?"

Jane war einverstanden. Sie leerten ihre Gläser und gingen langsam zur Tür.

„ Danke für den außergewöhnlichen Abend, Jane."
Richard küsste Jane flüchtig auf die Wange und ging zu
seinem Wagen.

„ Ich danke dir auch, bis morgen!", antwortete Jane,
erneut überwältigt von ihrer Reaktion auf den
Abschiedskuss von Richard.

Ihm ging es ebenso. Jede Berührung von Jane schien ihn
zu elektrisieren. Er konnte es nicht erwarten, sie am
nächsten Tag wiederzusehen.

19

Der Tag begann mit wunderbarem Sonnenschein.
Ungewöhnlich warm war es am Morgen, als Jane mit
einer Tasse Tee auf den Balkon trat. Sie hatte sehr gut
geschlafen und war voller Neugier, was der Tag bringen
würde. Sie nahm sich vor, gleich beim Verlag anzurufen,
um herauszufinden, wo Rebecca zu finden sein würde.
Sie rief zunächst bei Peter an, einem befreundeten Autor,
der mit Vorliebe Biografien las und schrieb. Er hatte
viele Kontakte und konnte ihr sicher helfen. Jane
berichtete Peter kurz, was sie vorhatte, gab ihm die
wenigen Informationen über Rebecca und bat ihn, seine
Beziehungen ein wenig spielen zu lassen. Peter war

begeistert und versprach Jane, sie zurückzurufen, sobald er etwas in Erfahrung gebracht hatte.

Auf dem Anwesen der Stantons saßen Johan und Richard in der Küche und frühstückten zusammen. Johan konnte eine Veränderung an Richard erkennen. Er sah so anders aus als noch vor seiner Abreise nach Kanada. Johan konnte nur hoffen, dass es mit Jane zu tun hatte. Johan musste lächeln, als er zusah, wie Richard Rosa in den Arm nahm und ihr einen Kuss auf die Stirn gab.

„ Mm, das Essen ist perfekt, so wie die Köchin", grinste er. Richard war zwar sonst auch kein ruhiger Typ, aber heute war er auffallend gut gelaunt. Johan zwinkerte Rosa zu und sie lachte herzhaft. So sehr wünschte sie sich, dass auch Johan wieder glücklich war und hoffte, Richard und Jane würden ihm dabei helfen. Beim Essen versuchte Richard noch mehr über Rebecca zu erfahren. Er fragte auch nach der Frau auf den Bildern in Johans Arbeitszimmer.

„ Richard, ich kann dir nicht mehr über Rebecca sagen, aber sie ist nicht die Frau auf den Bildern."

Richard bemerkte, dass es nicht viel Sinn machte weiterzufragen. Er konnte nur hoffen, dass Jane mit ihren Recherchen mehr Glück hatte.

Jane hatte gerade im Internet nach Hinweisen auf Rebecca gesucht, als ihr Telefon klingelte.

Sie hatte herausgefunden, dass es eine Familie Mc Cathy in der Grafschaft Cumbria gegeben hatte. Die Eltern zweier Schwestern waren bei einem schweren Gewitter 1952 bei Arbeiten im Wald umgekommen. Die Großeltern, Emma und Louis Mc Cathy, hatten die Mädchen aufgezogen, bis Ende 1960 auch der Großvater verstarb. Emma Mc Cathy wurde nach Louis' Tod schwer krank, kam in ein Pflegeheim aufs Land und verstarb dort kurze Zeit später ebenfalls.

Die Kinder, oder zumindest Rebecca, mussten damals ungefähr 17 oder 18 Jahre alt gewesen sein, dachte Jane.

Sie nahm den Hörer ab und Peter meldete sich.

„Hey, Jane? Kommst du voran? Die Informationen aus dem Internet über die Familie hast du sicher gelesen, aber ich habe nochmal im Archiv der Stadt nachgeschaut und etwas Interessantes entdeckt. Im Jahr 1963 muss es in der Stadt einen mysteriösen Vorfall gegeben haben. Der Name Arthur Stanton taucht auf. Er war Immobilienmakler, der mit seinem Sohn ein richtiges Imperium aufgebaut hatte. Weiterhin ist von den Geschwistern Mc Cathy die Rede gewesen. Warte, ich lese dir den Eintrag mal vor: Bei dem unglaublich heftigen Sturm am 02.10.1963 ereignete sich möglicherweise beim Wochenendhaus der Stantons ein mysteriöser Unfall. Auf dem hauseigenen See wurde nach dem Sturm ein kleines, völlig zerstörtes Segelboot aufgefunden. Arthur Stanton wurde dazu durch einen Reporter des örtlichen Zeitungsverlages befragt. Er schrieb an einer Artikelreihe zu Naturkatastrophen in der Grafschaft Cumbria. Arthur Stanton verweigerte jedoch jegliche Aussage über einen möglichen Vorfall am See und gab zur Kenntnis, dass es sich um Familienangelegenheiten handele, die niemanden und schon gar nicht die Öffentlichkeit etwas angehen würden.

Die Schwestern Mc Cathy, die bekanntlich mit der Familie in Verbindung standen, konnten nicht zum Vorfall befragt werden, da sie nach Recherchen bei den Behörden nach Schottland ausgereist waren. In den Unterlagen war eine Rebecca Mc Cathy registriert, die am 10.10.1963 England verlassen hat. Da die Geschwister sehr zurückgezogen gelebt hatten, konnte nicht mehr in Erfahrung gebracht werden."

Jane überlegte. Es musste also etwas passiert sein. Hier am See. Und niemand hatte je darüber geredet, nichts war an die Öffentlichkeit gedrungen. Das erklärte allerdings das Verhalten von Johan. Er musste dabei gewesen sein. Vielleicht war es sein Boot und Arthur Stanton musste sein Vater gewesen sein. Was aber war mit Rebecca? War sie die Geliebte von Johan? Es war verdammt wichtig herauszufinden, wo sich Rebecca aufhielt, sie konnte ihnen sicher einiges erklären.

„ Jane, bist du noch da? Möchtest du vielleicht wissen, was ich noch erfahren habe?"

Jane war so in Gedanken gewesen, dass sie Peter am Telefon fast vergessen hatte.

„Aber ja, Peter, entschuldige, ich habe nachgedacht".

Peter begann zu berichten, dass im Jahr 1995 einer seiner Kollegen in Schottland gewesen war. Er hatte auf der Insel Mull ein Interview mit einer Rebecca Mc Cathy zum Thema Tourismus geführt.

„ Phil kann sich noch immer gut an sie erinnern, sagt er, sie muss eine sehr charismatische Dame sein. Vermutlich wohnt sie in Tobermory, dort fand das Interview statt. Wenn es die Frau ist, die du suchst, Jane, ist das doch eine Spur, oder?"

Jane war begeistert.

„ Peter, du bist ein Engel! Ich danke dir! Ich bin dir etwas schuldig!"

Peter lachte und meinte, sie könne ihn ja mal zum Essen einladen, wenn sie zurück sei.

Jane rief bei Nelly an, um ihr die guten Neuigkeiten mitzuteilen. Sie versprach auch, Material für den Roman zu sammeln, den sie nach ihrer Rückkehr noch immer zu schreiben hatte.

Ein wenig aufgeregt und etwas nervös machte sich Jane am späten Nachmittag auf den Weg zu Richard.

20

Auf dem Gut angekommen, empfing Rosa sie bereits und führte Jane zu Richards Cottage. Es lag ein wenig abseits vom Hauptgebäude, hinter der Stallanlage in einem kleinen Wäldchen. Ein traumhaftes kleines Cottage, dachte sich Jane, als sie von Rosa hineingebeten wurde.

„ Richard reitet noch aus, ich hoffe, Sie haben nichts dagegen, hier auf ihn zu warten?"

Jane sah sich im Haus ein wenig um. Es war sehr gemütlich eingerichtet, eher untypisch für einen Mann, fand Jane. Es gab einen antiken Sekretär, eine einladende alte Couch und einen alten, durchgesessenen Ledersessel. Auf dem kleinen Tisch im Wohnzimmer standen frische Blumen, offensichtlich war Rosa dafür verantwortlich, dachte Jane lächelnd. Sie setzte sich auf den gemütlichen Sessel und ließ ihre Gedanken schweifen. Würden sie Rebecca in Tobermory finden? Lebte sie noch? Wie würde Rebecca auf sie und den Brief reagieren? Waren sie und Johan damals ein Paar gewesen? Wie war es damals gewesen? War sie nach Schottland geflüchtet? Vielleicht vor Johan oder der Familie?

Jane musste so in Gedanken gewesen sein, dass sie nicht bemerkt hatte, wie Richard ins Wohnzimmer kam. Er beobachtete Jane bereits eine kurze Weile, bis er sie ansprach.

„ Schön, dich zu sehen, Jane." Sie erschrak, als sie Richards Stimme hörte.

„ Richard, es tut mir Leid, Rosa hat mich hereingelassen, ich hoffe, das war in Ordnung."

„ Aber natürlich, ich hatte sie darum gebeten, weil ich nicht rechtzeitig hier sein konnte. Wie geht es dir? Konntest du etwas herausfinden über unsere geheimnisvolle Frau?"

Jane begann zu berichten, was sie zusammen mit Peter in Erfahrung gebracht hatte. Richard war begeistert von den Neuigkeiten, zumal er von seinem Großvater nichts weiter erfahren hatte. Er bat Jane, noch zum Abendessen zu bleiben, um mit ihr über die Reise zu sprechen.

Den Kuss vom Vorabend sprachen beide nicht mehr an. Jane hatte auch nicht die Absicht, dieses Thema noch einmal anzuschneiden. Sie musste zugeben, mit ihren Gefühlen in Bezug auf Richard nicht klarzukommen. Einerseits begehrte ein Teil von ihr diesen Mann, andererseits war sie sich bewusst, dass es zwischen ihnen keinerlei Beziehung geben konnte. Sie kamen aus unterschiedlichen Gesellschaftsschichten und hatten lediglich eine gemeinsame Reise vor sich. Wobei sich ihr die Gründe, warum sie mit Richard zusammen Johan behilflich sein sollte, noch immer nicht erschlossen. Richard war Johans Enkel, es ging offensichtlich um eine Familienangelegenheit, das war nachvollziehbar. Aber was hatte Jane damit zu tun? Andererseits war sie inzwischen, nicht zuletzt durch ihre Erlebnisse im Haus, sehr daran interessiert und neugierig, alles zu erfahren. Sie nahm sich vor, ihre Bedenken außer Acht zu lassen. Es würde ein Abenteuer werden und sie wollte dabei sein.

Nach einem leichten Abendessen, welches Rosa für die beiden zubereitet hatte, war es Zeit für Jane, nach Hause zu gehen. Richard hatte vorgeschlagen, in zwei Tagen loszufahren.

Er bestand darauf, mit dem Wagen zu fahren, da sie dann unabhängiger wären. Unterwegs wollten sie jeweils in einem Hotel oder einer Pension übernachten, je nachdem, wie sie mit der Suche vorankamen.

Jane war im Begriff aufzustehen und sich von Richard zu verabschieden. Doch er nahm ihre Hand und hielt sie fest. Er konnte sie nicht einfach so gehen lassen, der gestrige Abend ging ihm nicht aus dem Kopf. Richard war durcheinander, er hatte so etwas wie mit Jane noch bei keiner anderen Frau erlebt. Er musste mit ihr darüber reden.

„ Jane, ich möchte, dass du noch bleibst. Ich weiß, es ist dir sicher unangenehm, aber ich kann nicht anders. Was gestern zwischen uns passiert ist, war überraschend und völlig neu für mich. Ich hatte nicht vor, dich so zu überrumpeln, aber ich konnte nichts dagegen tun. Ich möchte, dass du weißt, dass ich normalerweise nicht so bin. Du bist anders, Jane, anders als die Frauen, die ich bisher kennen gelernt habe."

Ja sicher, dachte Jane, es waren bestimmt einige Frauen, die Richard kannte, und ausgerechnet sie sollte anders sein. Es war ihr tatsächlich unangenehm, darüber zu reden. Wie konnte sie ihm das erklären, ohne ihn zu verletzen?

„ Richard, wir sollten mit einem Gespräch über den Kuss gestern nicht unsere Reise gefährden. Wir haben Johan versprochen, ihm zu helfen und sollten uns jetzt nicht mit solchen Dingen beschäftigen. Es tut mir Leid, Richard."

Er ließ sie los, der Ausdruck in seinen Augen war nicht zu beschreiben. Leer, gekränkt vielleicht, dunkel. Jane ging zur Tür, drehte sich aber noch einmal um, um sich zu verabschieden. Richard nahm sie in die Arme und küsste sie überraschend mit einer Leidenschaft, dass ihr der Atem stockte.

Jane konnte gar nicht anders, als seinen Kuss zu erwidern, sie wurde von ihm gefangen genommen, vollkommen eingenommen. Und sie wollte sich gar nicht dagegen wehren, sie wollte ihn, sie wollte Richard! Richard löste sich von ihr, ging um sie herum und öffnete die Tür.

„ Gute Nacht, Jane, wir sehen uns übermorgen bei Johan. Ruf mich bitte an, wenn du noch etwas brauchst."
Jane stand da, völlig fassungslos, wusste nicht, was sie sagen oder wie sie reagieren sollte. Er konnte sich doch jetzt nicht von ihr verabschieden! Sie wollte doch nicht gehen, nicht jetzt! Es dauerte eine gefühlte Ewigkeit, bis Jane tatsächlich aus dem Haus und zu ihrem Wagen ging. Sie drehte sich noch einmal zu Richard um, der noch immer in der Tür stand und ihr kurz zuwinkte, bevor er hineinging.

Oh, mein Gott, dachte Jane, was passiert hier? Sie war doch nicht etwa auf dem Weg, sich zu verlieben? Oh nein, das wäre kein guter Zeitpunkt und auch überhaupt nicht der richtige Mann. Bisher hatte sie doch auch ohne Mann sehr gut gelebt, an die Sache mit Connor mochte sie gar nicht mehr denken. Er hatte sie zu sehr verletzt. Aber Richard war ganz anders. Er hatte sie von Anfang an fasziniert. Ihr waren sofort seine wunderbaren Augen aufgefallen und dieses Lächeln. Seine ganze Art. Richard sah einfach unverschämt gut aus!

Ehe sich Jane ernsthaft Gedanken über ihr Verhalten machen konnte, ging sie bereits zurück zum Haus. Gerade als sie an die Tür klopfen wollte, öffnete Richard. Sie sah ihn an.

„ Richard, ich...", mehr konnte sie nicht mehr sagen, da Richard sie an sich zog, ihr tief in die Augen schaute und begann, sie erneut, diesmal ganz langsam zu küssen. Jane antwortete ihm mit einer Leidenschaft, die sie gerade neu entdeckte. Sie wurde überschwemmt von einer Welle von Gefühlen, die unbeschreiblich war. Ja, sie wollte Richard, jetzt. Und sie wollte sich keine Gedanken über die Zukunft machen.

Die beiden taumelten noch immer eng umschlungen ins Wohnzimmer. Vorsichtig legte Richard Jane auf die Couch. Er betrachtet sie mit einem Blick, aus dem pure Begierde sprach.

„ Bist du dir sicher, Jane?"

„ Ja!", hauchte sie und zog Richard zu sich herunter. Langsam begann sie, sein Hemd zu öffnen und küsste dabei seinen Hals. Ein leises Stöhnen entrann seiner Kehle und als Jane begann, heiße Küsse auf seiner Brust und seinem Bauch zu verteilen, fiel es ihm schwer, sich zurückzuhalten. Sie öffnete seinen Gürtel, zog ungeduldig an seiner Hose und konnte ihr Verlangen nach ihm kaum noch bändigen. Sie nahm sich ein wenig zurück, sah ihm zu, wie er sich seiner lästigen Kleidung entledigte und war überwältigt von seinem Anblick. Beide ließen sich keinen Augenblick aus den Augen. Nur in engen Shorts stand Richard über sie gebeugt. Er sank langsam auf sie herab, küsste sie wieder und wieder, öffnete dabei die Knöpfe ihrer Bluse und streifte die Träger ihres BHs ab. Richard nahm fordernd ihre wundervollen Brüste in Besitz, bedeckte sie mit seinem Mund und entlockte Jane ein Seufzen, das ihn nur noch mehr erregte. Richard zog ihr behutsam den Rock herunter. Wie zufällig berührte er dabei ihre empfindlichste Stelle und ließ Jane vor Erregung aufstöhnen. Die Leidenschaft, die zwischen den beiden entbrannt war, war so übermächtig, dass sie sich nicht mehr zurücknehmen konnten. Bei jeder Berührung bat Jane ihn mit flehenden Blicken, sie von den so intensiven, lieblichen Qualen zu befreien und sie zum Gipfel zu begleiten. Als Richard schließlich in sie eindrang, tat er das mit einer Intensität, dass sich beide augenblicklich ineinander verloren.

Am Fenster des Herrenhauses stand Johan und lächelte. Er hatte gesehen, dass Jane noch mal zurück zum

Cottage gegangen war. Es ist ein gutes Zeichen, dachte Johan. Ja, bestimmt war es ein gutes Zeichen!

21

Jane wachte gegen Mitternacht auf. Sie sah sich um und bemerkte, dass Richard sie in sein Schlafzimmer gebracht haben musste. Sie war völlig erschöpft und herrlich entspannt auf der Couch eingeschlafen, nachdem sie und Richard nach ihrer ersten leidenschaftlichen Eroberung ihrer beider Körper erneut ihre Lust entfacht hatten. Ihr Körper bebte noch immer, wenn sie an die vergangenen Stunden dachte. Sie fühlte sich wie in einem Traum, aus dem sie nicht aufwachen wollte. Denn wenn sie es tat, würde das wunderbare Gefühl des Glückes vorbei sein und sie musste sich der Realität stellen. Jane stand vorsichtig auf, um Richard nicht zu wecken. Sie versuchte, sich in dem unbekannten Zimmer zurechtzufinden. Jane fand ihre Kleider ordentlich über einem Stuhl am Fußende des Bettes hängend. Der Mond schien in das Schlafzimmer und spendete Jane genug Licht, um die Tür zu finden. Leise ging sie aus dem Zimmer, drehte sich noch einmal zu Richard um und lächelte, als sie ihn schlafen sah. Er war ein Traum von einem Mann und es würde schwer werden, sich nicht noch mehr in ihn zu verlieben. Aber das durfte nicht passieren, dachte Jane. Ihr sollte das Herz nicht ein zweites Mal gebrochen werden. Gestern hatte sie nicht gegen ihre Gefühle ankämpfen können, aber morgen begann die Reise nach Schottland, da waren solche Dinge sicherlich fehl am Platz. Seufzend ging Jane die Treppe hinunter, zog sich an und verließ das Haus.

Richard hatte bemerkt, dass Jane gegangen war, und er hatte sie nicht aufhalten wollen. Er konnte Janes Verhalten verstehen, er war sich selbst nicht sicher, ob es gut wäre, sich auf eine Affäre mit ihr einzulassen. Vielleicht wäre es am Ende wie mit allen anderen Frauen, sie würden feststellen, dass sie doch nicht füreinander geschaffen waren. Und doch sagte ihm eine innere Stimme, dass es mit Jane anders sein könnte. Die letzte Nacht beschäftigte auch ihn noch sehr intensiv. Er vermochte gar nicht zu beschreiben, wie es gewesen war, mit ihr zusammen zu sein. Es war einfach unglaublich sinnlich, liebevoll und erfüllend. So wie Jane selbst. Richard wusste, dass er auf dem besten Weg war, sich zu verlieben. Aber er wusste auch, dass es vielleicht falsch war, und vor allem durfte er Jane nicht drängen. Er würde es auf sich zukommen lassen.

Der nächste Tag begann für beide damit, die Sachen für die Reise zu packen. Jane war gerade dabei, die Reiseunterlagen und Informationen, die sie zu Rebecca Mc Cathy gesammelt hatte, in ihre Tasche zu packen, als das Telefon klingelte. Sie hatte erstaunlich gute Laune, was wohl an dem Erlebnis der letzten Nacht lag, und so meldete sie sich freudig am Telefon.

„ Hallo, Jane, ich habe dich heute Morgen vermisst."

Richard, verdammt.

Jane wurde sofort unsicher und antwortete:

„ Richard, guten Morgen, es tut mir Leid, aber ich konnte nicht..."

„ Jane, ist schon gut, ich wusste, dass du nicht bleiben würdest, aber ich möchte dir trotzdem danken für diese wunderbare Nacht."

Bei Richards Worten sah Jane gedankenverloren aus dem Fenster hinunter zum See. Täuschte sie sich oder begann sich das Wasser gerade langsam aufzubäumen? Ja, die Wellen wurden immer höher, schlugen immer heftiger übereinander und Jane konnte den Wind in die Bäume peitschen sehen. Mit einem lauten Knall flog das Fenster im Esszimmer auf. Der Wind fegte hinein und brachte die leise Stimme mit, die Jane schon so vertraut war. Es war ein flehendes Flüstern diesmal, doch die gleichen Worte:

, Helft uns, bitte! Helft uns! ´

„ Jane? Jane? Was ist los, was ist das für ein Lärm? Ist alles in Ordnung? Ich wollte dich nicht in Verlegenheit bringen, entschuldige."

„ Nein, Richard, es ist nur, ich denke, sie ist wieder hier, gerade im Moment. Sie bittet wieder um Hilfe. Ich möchte es so gerne verstehen, Richard!"

„ Das wirst du und ich werde es auch, es gibt sicher eine Erklärung. Geht es dir auch wirklich gut?"

Inzwischen war es fast wieder ganz ruhig geworden. Die Wellen wurden kleiner, der Wind ließ nach und Jane hörte auch das Flüstern nicht mehr.

„ Ja, es geh mir gut."

„ Jane, warum ich eigentlich angerufen habe, ist, dass uns Johan morgen früh zu sich bestellt hat, bevor wir fahren. Bist du einverstanden?"

„ Ja, aber natürlich, ich bin gegen 8 auf dem Gut und, Richard...ich danke dir auch für den gestrigen Abend, bis morgen dann."

Mit einem glücklichen Lächeln beendete sie das Gespräch.

22

Alles war für die Fahrt nach Schottland organisiert. Richard und Jane nahmen den Wagen, sie hatten sich alle möglichen Karten besorgt, die sie in Schottland gebrauchen könnten, und Jane hatte auch schon ein paar kleinere Pensionen auf dem Weg herausgesucht. Nun war sie gespannt, was Johan ihnen noch mit auf den Weg geben würde. Den Brief für Rebecca hatte er bereits erwähnt, aber vielleicht gab es noch ein paar andere Anhaltspunkte in Bezug auf Rebecca.

Johan erwartete Jane bereits, als sie am Gut eintraf. Auch Richard stand, offensichtlich bereit, das Abenteuer zu beginnen, in der Tür und nahm Jane sofort das Gepäck aus der Hand. Während er Janes Sachen in sein Auto lud, nahm Johan sie mit hinein ins Wohnzimmer. Auf dem kleinen Tisch lagen ein Briefumschlag, der schon sehr alt aussah, eine kleine Brosche und ein Foto.

Richard kam herein und Johan bat die beiden, sich zu setzen.

„ Meine Lieben, ich kann euch nicht sagen, wie dankbar ich euch bin, dass ihr mir diesen Wunsch erfüllt und nach Rebecca sucht. Wie ich euch schon gesagt habe, ist es mir sehr wichtig, dass sie diese Dinge endlich bekommt."

Er nahm den Brief vom Tisch und sah ihn an.

„ Diesen Brief habe ich bereits vor langer Zeit geschrieben. Er enthält meine Geschichte, die Rebecca erfahren muss. Diese Brosche hier gehört Rebecca. Ich habe sie die ganzen Jahre zu Unrecht besessen. Und hier habe ich ein Foto von ihr. Es wurde im Sommer ' 63 aufgenommen. Sie dürfte heute etwas anders aussehen", sagte Johan mit einem kleinen Lächeln.

„Aber ich denke, ihre Augen sind die gleichen geblieben, daran werdet ihr sie erkennen. Ich habe viel zu lange gewartet, ihr die Sachen zukommen zu lassen. Es ist endlich Zeit und ich hoffe, es ist noch nicht zu spät für uns alle."

Johan wirkte ein wenig bedrückt und gleichzeitig voller Hoffnung, als er Richard und Jane in ihre erstaunten Gesichter sah.

„ Ich bin ganz sicher, dass ihr beiden die Richtigen seid, um mich von meiner Last zu befreien und uns zu helfen."

Jane kamen sofort die seltsamen Worte am See in den Sinn:

‚ Helft uns! ´ Doch sie wagte es nicht, weiter bei Johan nachzufragen, sie wollte ihn nicht kränken oder ihm zu nahe treten. Er kämpfte gegen etwas an, war unglücklich wegen einer Sache, die womöglich mit Rebecca und dem Haus am See zu tun hatte. Richard und sie würden es erfahren, wenn sie Rebecca gefunden hatten.

So verabschiedete sie sich von Johan, der ihre Hand ungewöhnlich lange festhielt und ihr dabei in die Augen sah. Er lächelte Jane an. Sein Blick sagte so viel, doch erklären konnte sie es sich nicht.

Richard sprach noch kurz allein mit Johan, und Jane ging in die Küche, um sich auch von Rosa zu verabschieden. Sie kam ihr bereits entgegen, reichte ihr eine große Kühltasche und sagte:

„ Ein wenig Proviant für unterwegs und, Jane, ich danke Ihnen!"

Unvermittelt nahm sie Jane kurz in den Arm und ging dann an ihr vorbei ins Wohnzimmer. Überrascht schaute diese ihr nach, bevor sie hinaus zum Auto ging. Richard hatte Janes Auto bereits in die Garage neben den Stallungen gebracht und ihre Sachen in seinen Van umgeladen. Wow, dachte Jane, in diesem Van könnten sie problemlos übernachten, falls sie einmal keine Pension fanden.

Sie verstaute die Kühltasche im Wagen und ging noch ein Stück Richtung Koppel. Johan hatte wirklich viele und ungewöhnlich schöne Pferde. Allein sie anzusehen, war traumhaft.

Eine Hand legte sich sanft auf ihre Schulter. Sie musste sich nicht umdrehen, um zu wissen, dass es Richard war.

Seine Nähe und erst recht seine Berührungen versetzten Jane in einen angenehmen, entspannten Zustand, der gleichermaßen elektrisierend wirkte. Wie sollte sie nur die Zeit mit ihm überstehen, jeden Tag mit ihm zusammen zu sein, ohne den eigentlichen Zweck der Reise aus den Augen zu verlieren?

„ Können wir los, Jane? Wir haben einen weiten Weg vor uns."

Sie winkten noch mal zum Abschied und sahen den hoffnungsvollen Blick in den Augen von Johan und Rosa. Es war beiden sehr wichtig, dass diese Mission glückte. Jane sah Richard an, wollte ihn etwas fragen, unterließ es jedoch, da es ihr doch nicht so wichtig schien. Richard jedoch hatte ihren fragenden Blick bemerkt.

„Ich bin mir auch nicht sicher, was Rosa und meinen Großvater verbindet, ich habe sie nie in einer Situation erlebt, die vermuten lassen könnte, sie wären ein Paar. Aber ich weiß, sie stehen sich sehr nahe, sie kennen sich schon so lange und sind immer respektvoll und freundlich miteinander umgegangen. Es fiel nie ein böses Wort zwischen den beiden. Sie scheinen sich auch ohne Worte zu verstehen."

Er hatte wieder dieses unglaublich süße Lächeln auf den Lippen, als er das sagte. Konnte er Gedanken lesen? Woher wusste er sonst, was Jane gedacht hatte? Jane sah ihn ebenfalls mit einem Lächeln an, das viel mehr bedeutete, als sie zugeben wollte.

„Darf ich dich fragen, seit wann du bei deinem Großvater lebst, Richard?"

Richard erzählte während der Fahrt die Geschichte, wie und warum er bei seinem Großvater aufgewachsen war. Er erzählte ihr auch von der schweren Zeit nach dem Tod seiner Eltern, die er mit Johan durchlitten und wie Rosa ihnen immer zur Seite gestanden hatte. Bisher hatte Richard nicht vielen Menschen so ausführlich von seiner Familie erzählt, aber bei Jane kam es ihm richtig vor. Wenn er es recht überlegte, hatte vor ihr auch noch keine Frau danach gefragt und Anteil an seinem Leben genommen. Die Frauen hatten sich mehr für seine finanzielle Situation interessiert, statt für ihn selbst.

Jane war so voller Mitgefühl und so überwältigt von dem, was Richard ihr erzählt hatte, dass ihr kaum spürbar Tränen in die Augen stiegen.

Was er hatte durchmachen müssen, hatte ihn stark, gefühlvoll und liebenswürdig gemacht. Er war an seinem Leid gewachsen, statt sich unterkriegen zu lassen, hatte es den Anschein.

Jane und Richard waren seit einiger Zeit unterwegs, sie sollten anhalten und sich ein wenig ausruhen. Da es noch einigermaßen warm draußen war, entschieden sie sich, an einem gemütlichen Platz ein kleines Picknick zu machen und Rosas liebevoll gepackte Proviantasche zu plündern. Die beiden hatten seit geraumer Zeit nicht mehr geredet. Jeder schien seinen Gedanken nachzuhängen. Doch auch diese Ruhe tat beiden gut. Richard hatte eine hübsche Bank am Waldrand entdeckt und steuerte darauf zu.

„ Lass uns hier kurz Pause machen, ja? Ich bin am Verhungern!", sagte er und zeigte grinsend auf seinen Bauch. Jane musste herzhaft lachen, stieg aus dem Van und holte die Tasche heraus.

23

Es war nicht mehr weit bis zur Grenze, und wenn die Fahrt weiter so gut verlief, wären sie vor Einbruch der Dunkelheit in Schottland. Dort würden sie in einer kleinen Pension übernachten.

Als sie an der Pension ankamen, brach gerade die Nacht über dem beschaulichen kleinen Ort herein. Es ist traumhaft schön hier, dachte Jane, und auch Richard blieb staunend stehen, um die wunderbare Natur zu betrachten.

Fast automatisch fanden sich die Hände der beiden. Sie sahen sich an und die Leidenschaft zwischen ihnen entbrannte von neuem. Diesmal war es Jane, die Richard an sich zog, um ihn zu küssen. Wie lange die beiden so ineinander versunken vor dem Gasthaus gestanden hatten, wussten sie nicht mehr. Sie wurden von einer Frauenstimme mit schottischem Akzent aus ihrer Trance gerissen.

„ Möchten Sie ein Zimmer mieten oder die Nacht lieber hier draußen verbringen? Ich kann Ihnen aber versichern, dass es sehr kalt wird heute Nacht."

Sie grinste bis über beide Ohren und Jane und Richard sahen sie verwirrt und verlegen an. Plötzlich mussten sie lauthals lachen und auch die Wirtin stimmte mit ein.

„ Nun kommen Sie schon rein, ich habe ein hübsches kleines Zimmer für Sie beide."

Bevor Jane antworten konnte, war sie schon im Haus verschwunden. Richard nahm die Sachen aus dem Wagen und folgte Jane ins Gasthaus.

„ So, Sie Schmusekätzchen, hier ist der Schlüssel für Ihr Zimmer. Wenn Sie noch etwas essen möchten, geben Sie einfach Bescheid." Jane und Richard sahen sich verdutzt an. Die Frau ging wohl davon aus, dass sie ein Paar waren. Jane räusperte sich:

„Madam, also ich weiß nicht, wie ich es sagen soll, aber wir brauchen eigentlich zwei Zimmer. Wäre das möglich?"

Leicht irritiert schaute die Frau die beiden an. Richard nickte nur kurz und die Frau entgegnete:

„ Die jungen Leute von heute! Wissen Sie, Sie sollten zueinander stehen. Selbst ein Blinder könnte sehen, dass Sie sich lieben! Wer weiß, was die Zukunft bringt, packen Sie Ihr Glück beim Schopfe, vergeuden Sie es nicht!"

Mit diesen Worten überreichte sie Richard einen zweiten Zimmerschlüssel und ließ die beiden stehen. Sie schauten sich verwirrt an, auch Richard schien an den Worten der Frau zu knabbern zu haben. Sie gingen wortlos zusammen die Treppe zu den Zimmern hinauf. Als sie die Türen öffneten, waren sie noch immer fassungslos. Die Worte der Wirtin hatte sie völlig aus dem Konzept gebracht und vor allem dazu, über sich und ihr Verhältnis zueinander nachzudenken. Sie gingen in ihre Zimmer. Jane ließ die Tür ins Schloss fallen, stellte die Tasche ab und warf sich aufs Bett. Aus einem unerfindlichen Grund kamen ihr die Tränen. Was, wenn die Frau Recht hatte? War es wirklich Liebe zwischen ihr und Richard? Zugegeben, sie war völlig fasziniert von ihm, fühlte sich auf eine seltsame Weise zu ihm hingezogen, konnte sich seinen Berührungen nicht entziehen, aber war das tatsächlich Liebe? War es nicht vielleicht nur pure Leidenschaft ohne tief gehende Gefühle? Wenn sie ehrlich war, hatte sie so etwas wie mit Richard nie zuvor erlebt. Sie kannte die Liebe offensichtlich nicht, mit welchem Recht behauptete sie dann jetzt, es wäre keine Liebe? Und wie dachte Richard darüber? Plötzlich kam ihr die weiche Stimme der Frau am See in den Sinn, der Traum, nach dem sie ein so wunderbar warmes und friedliches Gefühl gespürt hatte, so voller Liebe, als könne nichts Schlimmes geschehen. Was sie mit Richard verband, fühlte sich gut an, es fühlte sich richtig an.

24

Ein lautes Knarren, ein dumpfer Schrei und das entfernte Rufen eines Mannes. Es ist kalt, überall dieses Wasser. Das Licht, sie muss zu diesem Licht. Es ist ihre Rettung. Eine wunderbare Stille und alles vereinnahmende Liebe durchströmt sie. Es ist alles gut. Weiß er das? Er muss es wissen!

Jane wurde durch die Sonne, die in ihr Zimmer schien, geweckt. Sie sah auf die Uhr, es war 6 Uhr morgens. Sie war einfach eingeschlafen und hatte wieder diesen Traum gehabt. Es war wie beim ersten Mal, nur konnte Jane diesmal die Unsicherheit der Frau spüren, die sie quälte. Weiß er das?

Sie wollte, dass er wusste, dass alles in Ordnung war. Aber wer war er? Jane war sich sicher, dass es sich um eine Frau und einen Mann handelte, die auf eine geheimnisvolle oder grausame Art voneinander getrennt worden waren. Nur so ließen sich die unglaublichen Gefühlswandlungen in ihren Träumen erklären. Und es musste etwas mit dem Haus oder dem See zu tun haben. Das unglaublich viele Wasser, was Jane immer wieder sehen und fast körperlich spüren konnte, ließ es vermuten. Sollte bei dem heftigen Unwetter '63 das Haus überschwemmt worden sein?

Aber davon stand nichts in dem Bericht, den Peter gefunden hatte.

Jane beschloss zu duschen und anschließend zu Richard zu gehen. Vielleicht war er ja schon wach und sie konnten gemeinsam frühstücken. Als sie fertig war, klopfte sie vorsichtig an Richards Tür. Es regte sich nichts im Zimmer. Auch beim zweiten Klopfen hörte Jane nichts und so öffnete sie langsam die Tür. Sie schaute sich kurz im Zimmer um und rief nach Richard. Jane bemerkte, dass das Bett unberührt war. Wo war er? Hatte er nicht hier übernachtet? Jane fand seine Tasche neben dem kleinen Tisch und beruhigte sich ein wenig. Er musste also noch hier sein, nur wo? Sie ging hinunter, um am Empfang nach ihm zu fragen, als die Eingangstür aufging und Richard, völlig durchfroren, hereinkam. Erschrocken blickte er Jane an, die mindestens genauso schockiert war, ihn so zu sehen.

„ Guten Morgen, Jane!"

Er ging an ihr vorbei hinauf in sein Zimmer. Noch immer beunruhigt, ging sie ihm nach. Sie klopfte an seine Tür und er öffnete sofort.

„Richard, was ist los? Ist etwas passiert? Du siehst schrecklich aus!"

Richard setzte sich erschöpft auf das Bett und schaute Jane mit müden Augen an.

„ Es ist alles in Ordnung, mach dir keine Sorgen. Ich bin nur müde. Ich konnte nicht schlafen und bin deshalb die halbe Nacht draußen herumgelaufen."

„ Oh, das tut mir Leid. Was hältst du davon, wenn wir uns das Frühstück bringen lassen, solange du dich ein wenig frisch machst, und dann fahren wir weiter. Schließlich müssen wir noch ein ganzes Stück fahren. Ich fahre und du kannst schlafen, ja?"

Jane schaute Richard an und wartete auf seine Reaktion. Irgendetwas schien ihn zu beschäftigen und tief in ihrem Inneren wusste sie, dass es mit ihr zu tun hatte. Sie hoffte, dass er das Thema nicht zur Sprache bringen würde, sie konnte jetzt nicht mit ihm darüber reden, vielleicht später. Richard sah zu ihr auf.

„ Du bist einfach unglaublich, Jane, und du hast Recht, wir haben noch einen weiten Weg vor uns. Nicht nur den, der uns hoffentlich zu Rebecca führt. Ich wäre dir wirklich dankbar, wenn du das Steuer übernehmen würdest und ich mich noch ein wenig ausruhen könnte."

Mit diesen Worten ging er ins Bad und Jane hörte wenig später das Wasser der Dusche laufen. Wir haben also auch noch einen weiten Weg vor uns, dachte Jane, als sie hinunterging, um etwas zum Essen zu besorgen. Die Dame vom Vorabend versprach ihr, das Frühstück zu bringen. Als Jane wieder hinaufgehen wollte, um ihre Sachen zu packen, rief ihr die Frau nach:

„ Liebes, verschwenden Sie nicht so viel Zeit mit Nachdenken, genießen Sie einfach das, was sie haben."

Sie lächelte Jane aufmunternd zu und ging in die Küche. Jane stand noch eine Weile am Treppenabsatz, ehe sie weiterging. Wer war diese Frau, dass sie das scheinbar Richtige immer zum treffenden Zeitpunkt zu sagen wusste? Es war fast unheimlich.

Die heiße Dusche war so wohltuend, dass Richard am liebsten noch ewig unter dem Wasser geblieben wäre. Vielleicht würde er so auch etwas mehr Zeit gewinnen, um über Jane nachzudenken. Er konnte es sich nicht erklären, was er für sie empfand, er konnte es nicht in Worte fassen und war es andererseits leid, alles zu analysieren. Er wollte es leben, sie erleben, mit ihr zusammen sein. Aber er wollte sie auch nicht bedrängen. Er war sich ihrer Gefühle für ihn nicht sicher, wie auch, konnte er sich seiner Gefühle ihr gegenüber sicher sein? War es mehr als nur die wahnsinnige Spannung zwischen ihnen, die Leidenschaft, die jedes Mal aufflammte, wenn sie sich auch nur kurz berührten?

25

Es klopfte an der Tür und Richard öffnete. Die Dame des Hauses persönlich stand mit dem Frühstück auf dem Gang und sah ihn ein wenig traurig an.

„ Guten Morgen!", sagte Richard, als sie an ihm vorbei ins Zimmer ging.

„ Guten Morgen, mein Lieber, ob Sie gut geschlafen haben, brauche ich Sie ja nicht zu fragen, junger Mann!" Mit einem wissenden Nicken goss sie Kaffee in eine Tasse. Sie wandte sich zum Gehen und drehte sich an der Tür noch einmal kurz um.

„Machen Sie es sich doch beide nicht so schwer", sagte sie wehmütig und ging hinaus, ohne die Tür zu schließen.

Als Jane ein paar Minuten später zu Richard aufs Zimmer kam, saß er nachdenklich am Tisch.

Seine Haare waren von der Dusche noch feucht, sein noch offenes Hemd hing über der Jeans. Eine Welle der Lust überraschte Jane bei seinem Anblick, er war einfach unwiderstehlich.

„ Was ist los? Du schaust, als hättest du gerade einen Geist gesehen?", versuchte Jane mit ein wenig Humor ihn aufzuheitern, aber vor allem, um sich selbst von diesem Mann und seiner Anziehungskraft abzulenken.

Er schaute auf, nahm seine Tasse in die Hand und trank langsam. Als er die Tasse wieder absetzte, sagte er:

„ Ich bin nicht sicher, aber wie ein Geist sieht unsere Gastgeberin nicht aus. Als sie gerade das Frühstück brachte, meinte sie, wir beide sollten es uns nicht so schwer machen. Ähnlich wie gestern Abend hat es mich wohl ein wenig durcheinander gebracht."

Jane starrte ihn an. Sie wusste nicht, was sie dazu sagen sollte. Auch mit ihr hatte ja die Dame vorhin gesprochen und ihr kam es so vor, als könnte sie in ihr und Richard lesen wie in einem offenen Buch. Ein wenig verärgert war sie jedoch auch, woher nahm die Frau sich das Recht heraus, sie beide mit ihren klugen Sprüchen zu belästigen? Schließlich hatten sie einen Grund, warum sie zusammen unterwegs waren, und zwar, um für Johan diese Frau zu finden, die ihm so wichtig war. Nicht, um eine Liebesbeziehung miteinander einzugehen! Doch der Ärger über die Dame des Hauses war schnell verflogen, sie hatte vielleicht Recht.

„ Jane, ich möchte dich damit sicher nicht nerven, wir haben eine Art Mission zu erfüllen, das weiß ich, aber ich bin, seitdem ich dich kenne, nicht mehr sicher, ob mein Frauenbild so richtig ist. Weißt du, bisher habe ich nur Frauen kennen gelernt, die zwar überaus hübsch anzusehen, aber auch ziemlich oberflächlich waren. Meist ging es ihnen darum, mich so schnell wie möglich an sich zu binden, da mein Großvater bekanntermaßen nicht ganz mittellos ist. Ich habe mir schnell abgewöhnt, mich mit solchen Frauen einzulassen, und es eigentlich aufgegeben, die richtige Frau für mich zu finden. Aber bei dir ist alles neu, du bist so anders. Du hast meine Einstellung ins Wanken gebracht und ich muss jetzt damit klarkommen. Das war auch der Grund, warum ich letzte Nacht nicht schlafen konnte. Unser gemeinsamer Abend bei mir, der Kuss gestern Abend und dann die Worte dieser Frau..." Er schüttelte den Kopf.

„Es tut mir Leid, Jane, ich wollte nicht klingen wie ein verliebter Trottel, aber ich bin trotzdem froh, es dir gesagt zu haben."

Jane schwirrte der Kopf, sie geriet leicht ins Schwanken und ließ sich auf das Bett sinken. Sie schaute ihn unverwandt an. Sie war so überwältigt von dem, was er gesagt hatte, dass ihre Stimme versagte. Richard bemerkte, wie durcheinander sie war, und kam zu ihr herüber, um sich zu ihr zu setzen. Er legte den Arm um sie, um sich zu entschuldigen. Jane sah zu ihm hoch, blickte ihm direkt in seine wunderschönen Augen und wusste in diesem Moment, dass sie es riskieren wollte.

„ Jane, ich wollte das nicht, es..."

„ Sch..." Jane legte ihm sanft den Finger auf den Mund.

„ Mit mir hat die freundliche Dame auch gesprochen und sie hat mir die Augen geöffnet, für dich, für uns. Ich möchte keine Angst mehr davor haben, verletzt zu werden, und wenn...“

Richard nahm ihren Mund mit seinem gefangen. Küsste sie so vorsichtig, als könne er etwas zerstören. Liebevoll nahm er ihre Lippen mehr und mehr in Besitz. Seine Zunge suchte ihre und sie spielten erst vorsichtig und dann immer fordernder miteinander. Richard ließ seine Hände langsam über Janes Rücken gleiten, schob langsam ihre Bluse nach oben und streichelte sanft ihren Rücken. Jane wand sich unter seinen Berührungen, ihre Hände waren in seinen Haaren vergraben und zogen sanft daran. Sie wollte so nah bei ihm sein, wie es nur ging, ihn spüren, überall und mit allen Sinnen spüren. Sie streifte ihm sein Hemd ab und liebkoste seine Brust mit den Händen. Sich noch immer küssend, knöpfte Richard Janes Bluse auf. Er löste sich kurz von ihrem Mund, nur um ihn anschließend wieder voll und ganz für sich einzunehmen. Langsam und mit einer solchen Sorgfalt, dass es Jane fast schwindelig wurde, fuhr er mit seinen Lippen ihren Hals entlang, seine Zunge zog feuchte Kreise über ihr Brustbein, bis er schließlich voller Hingabe an ihrem vollen Busen saugte. Richard zog mit den Zähnen die Träger des BHs ab, öffnete ihn gleichzeitig am Rücken, um ihre vollkommene Pracht genießen zu können. Jane verging vor Lust, legte sich auf das Bett zurück, um Richard Zugang zu ihrem Körper zu gewähren. Sie strich langsam über seinen Rücken. Geschickt schob sie seine Hose hinunter, um ihn streicheln zu können. Ein knurrender Laut entrann seiner trockenen Kehle, als Jane vorsichtig über sein Geschlecht fuhr. Unvermittelt biss Richard leicht zu und entlockte damit Jane ein Keuchen, das ihn umso mehr erregte. Mit einem Ruck riss er Jane die weite Hose herunter und entledigte sich fast gleichzeitig seiner störenden Kleidung. Nackt und in voller Männlichkeit stand er vor ihr, betrachtete ihren traumhaften Körper, der lediglich noch mit einem lindgrünen Slip bedeckt war. Jane nutzte ihre Chance, setzte sich auf und zog Richard zu sich heran. Sie liebkoste ihn, streichelte und küsste ihn, ließ ihre Lippen über seinen Körper gleiten, sodass er vor Erregung aufstöhnte. Jane hatte Richard bereits so nah an den Gipfel geführt, dass er sich kaum noch beherrschen konnte. Er nahm Jane hoch, verschlang förmlich ihren Mund, streifte ungeduldig ihren Slip herunter und stieß sie sanft zurück auf das Bett. Im nächsten Moment war er über ihr, verwöhnte sie mit seiner Zunge und seinen sanften Händen. Jane war außer sich vor wilder Leidenschaft. Sie wurde von einem so heftigen Höhepunkt überrascht, dass ihr die Sinne schwanden. Inmitten ihrer Ekstase drang er keuchend in sie ein, erst vorsichtig, genoss es, fest von ihr umschlungen zu werden und das Beben ihres Körpers zu spüren. Dann führte er sie mit seinem eigenen, ungezügelten Rhythmus erneut an den Gipfel der Lust. Mit einem rauen Aufschrei sprangen sie gemeinsam über die Klippe.

26

Jane öffnete die Augen. Gerade noch war ihr das schemenhafte Gesicht der Frau im Bewusstsein, das sie aus ihren Träumen kannte. Diesmal hatte sie Jane einfach nur angelächelt.

Richard lag mit seinem Oberkörper halb auf ihrem, atmete gleichmäßig und tief. Sie schaute ihn einfach nur an, wie friedlich er da lag und schlief. Er ist so wunderbar, so liebevoll und voller Gefühl, dachte sie. Nie würde er mir wehtun. Das Lächeln der Frau tauchte wieder in ihrem Kopf auf und Jane hatte das Gefühl, dass sie ihr damit Mut zusprach, ja, sich mit und für sie beide freute. Jane empfand in diesem Moment ein tiefes Glücksgefühl, wie sie es vorher noch nie gespürt hatte. Eine Träne lief ihr über die Wange und augenblicklich schlief sie wieder ein.

Ein sanfter Kuss weckte Jane aus ihrem traumlosen Schlaf. Sie blickte Richard ihn die Augen und wurde sofort von einem warmen Gefühl der Zuneigung gefangen genommen.

„ Guten Morgen!", sagte er und lächelte sie an.

„ Guten Morgen? Aber hatten wir das nicht schon?"

Jane sah auf die Uhr auf dem Nachttisch und stellte erschrocken fest, dass es bereits zwei Uhr nachmittags war.

„ Oh, Richard, wir haben zu lange geschlafen, wir sollten längst unterwegs nach Tobermory sein und wir hätten längst auschecken müssen!"

Sanft küsste Richard Janes Stirn.

„ Beruhige dich, es ist alles geklärt, ich habe mit Mrs Brown, das ist übrigens unsere gute Fee, gesprochen, wir können gerne noch eine Nacht bleiben und morgen in aller Frühe aufbrechen. Heute würden wir nicht mehr weit kommen. Natürlich nur, wenn es dir recht ist?"

Erst jetzt bemerkte Jane, dass Richard bereits angezogen war.

„ Ich habe nichts dagegen.", meinte sie und ließ sich wieder in die Kissen fallen.

„ Aber, Richard, ich habe ein Problem", sagte sie mit gespieltem Ernst. Richard setzte sich etwas erschrocken auf.

„ Was ist los, Jane?"

„ Wenn ich noch eine Nacht hier bleiben soll, brauche ich unbedingt etwas zu essen, ich bin am Verhungern!" Schelmisch grinste sie Richard an, in dessen Augen der erschrockene Blick einem erleichterten und liebevollen wich. Er schnappte sich Jane blitzschnell und kabbelte sich mit ihr in den Laken. Beide lachten herzhaft und ausgelassen, bis sie sich erschöpft in die Arme fielen.

Nach einem ausgiebigen Frühstück am Nachmittag machten sich die beiden zu einem langen Spaziergang auf. Sie befanden sich wirklich in einer wundervollen Umgebung, die auch bei Tag bezaubernd war. Sie durchquerten ein Waldstück, kamen dabei an einem kleinen Bachlauf vorbei, und als Jane zu frieren begann, legte ihr Richard fürsorglich seine Jacke um. Er hielt sie so fest umschlungen, dass ihr augenblicklich wieder warm wurde.

Jane erzählte Richard von ihrem Traum in der vergangenen Nacht. Sie berichtete ihm davon, dass sie diesmal den Eindruck hatte, dass die Frau aus ihren Träumen unsicher war, dass sie sich fragte, ob er, vielleicht ihr Geliebter oder Mann, auch wusste, dass alles gut war. Jane erzählte ihm auch von der Wahrnehmung, die sie heute Morgen hatte. Das Lächeln der Frau, nur ein Lächeln. Sie verriet ihm auch, dass sie das Gefühl hatte, dass diese Frau, wer auch immer sie sein mochte, glücklich darüber war, dass sie und Richard zusammen waren.

Richard hörte ihr aufmerksam zu. Er wusste nicht viel über Träume oder ungewöhnliche Begebenheiten, aber ihm wurde mehr und mehr bewusst, dass die Ereignisse im Haus am See, Janes Träume und die früheren Geschehnisse in dem alten Haus irgendetwas miteinander zu tun hatten. Er wusste auch nicht viel über das Haus, er hatte nur mit den damaligen Mietern zu tun gehabt, die ihm berichtet hatten, dass es im Haus spuken würde. Damals hatte er die Angelegenheit als lächerlich empfunden. Heute, nachdem er selbst einige eigenartige Dinge am Haus erlebt hatte und er Jane auch für zurechnungsfähig und bei klarem Verstand hielt, sah er die Sache schon anders. Sein Großvater hatte ihm nie von den Vorfällen am Haus erzählt. Aber er hatte ihnen beiden versprochen, alles aufzuklären, wenn sie Rebecca gefunden hatten.

Das war also unabdingbar. Richard hoffte inständig, dass sie sie finden würden.

Die beiden liefen noch ein Stück durch den Wald, jeder seinen Gedanken nachhängend, bis es schließlich langsam dunkel wurde und es Zeit war umzukehren.

Ein wenig frierend kamen sie im Gasthaus an und wurden sofort von Ms Brown empfangen und in einen reizenden kleinen Gastraum geführt. Der Kamin brannte und die beiden setzten sich davor, um sich aufzuwärmen. Sie schauten dem Flammenspiel eine Weile zu und sahen sich dabei immer wieder lächelnd an. Ms Brown rief sie zu Tisch und servierte ihnen ein köstliches Abendessen. Der Wein dazu war hervorragend. Jane und Richard verbrachten einen wundervollen gemeinsamen Abend, redeten über alle möglichen Dinge und amüsierten sich großartig. Später am Abend gingen beide auf ihre Zimmer. Es dauerte nicht lange, bis es an Janes Zimmertür klopfte:

„ Mrs Wattson, haben Sie in Ihrem Badezimmer eine Wanne? Meines ist leider nur mit einer Dusche ausgestattet, aber ich würde sehr gerne ein Bad nehmen."

Jane lachte ihn an, nahm ihn an der Hand und zeigte ihm das Bad.

„ Bitte, Sir, Sie können die Badewanne gerne benutzen."

„ Aber nur, wenn Sie mir Gesellschaft leisten, Mrs Wattson!"

Damit zog er Jane mit sich ins Badezimmer.

27

Am nächsten Morgen brachen die beiden sehr früh auf, nachdem sie sich herzlich von Ms Brown verabschiedet hatten. Sie hatten eine traumhafte Nacht miteinander verbracht, und als Jane erwachte, beobachtete sie Richard im Schlaf. Er sah friedlich und glücklich aus. Und sie war es auch. Sie hatte vorher nie eine solch aufregende Beziehung geführt, aufregend und gleichzeitig so entspannend.

Die beiden fuhren durch die wunderschöne Landschaft Schottlands. Sie hatten noch eine weite Strecke vor sich. Morgen würden sie ankommen, wenn nichts dazwischenkam. Sie hatten Johan versprochen, ihn anzurufen, wenn sie angekommen waren. Jane brannte noch immer darauf zu erfahren, warum sie und Richard auf dieser Mission waren. Sie konnte sich einiges zusammenreimen, doch irgendwie ergab vieles keinen Sinn. Wenn Johan tatsächlich mit Rebecca zusammen gewesen war, wie es den Anschein hatte, warum lebte sie dann in Schottland, warum war sie damals weggegangen? Hatte es sein Vater nicht gewollt? Eine Beziehung zu einer Waisen, nicht seinem Stand entsprechend? Warum hatte Johan die ganzen Jahre nie Kontakt zu ihr aufgenommen, wusste aber, dass sie noch lebte? Aber er wusste nicht, wo genau, zumindest hatte er das nie erwähnt. Vielleicht fühlte er es. So wie sie spürte, dass es sich nicht nur um eine Liebesgeschichte handeln konnte, sondern dass auch etwas Mysteriöses beim Haus am See vorgefallen sein musste. War die Frau in Janes Träumen Rebecca? Sie konnte ihr Gesicht nie richtig sehen. Als sie Rebeccas Bild betrachtet hatte, das Bild einer wunderschönen jungen Frau um die 20, konnte sie nicht ganz genau sagen, dass sie diese Frau war. Welchen Sinn würde das auch ergeben?

Die Begegnungen mit der Frau in ihren Träumen, dieses Gefühl, wenn Jane sie in ihrer Nähe spürte, waren immer so friedlich, aber gleichzeitig unheimlich und herausfordernd. Jane sollte ihr helfen, aber wobei nur? Ihre Begegnungen hatten sich verändert. Als Jane sich an Johan wandte, um herauszufinden, was beim Haus am See vorgefallen war, änderten sich die Begebenheiten. Die junge Frau zeigte sich auch, als Richard das erste Mal bei ihr war. Auch der zweite Traum war anders als der erste. Die Frau schien Jane mitteilen zu wollen, dass bei allem Unglück, das ihr widerfahren war, dennoch alles gut war und sie wollte, dass Jane das wusste. Sie wollte auch, oder vor allem, dass es dieser Mann, dessen dumpfe Stimme in Janes Träumen zu hören war, es wusste. Tags zuvor, als Jane eng umschlungen und noch halb schlafend mit Richard im Bett gelegen hatte, hatte sie die junge Frau lächeln sehen. Jane spürte ihre Zufriedenheit, als wäre sie damit einverstanden, dass Jane mit Richard zusammen war. Sie gab Jane das Gefühl, dass sie und Richard auf dem richtigen Weg waren.

Ein plötzliches Bremsen riss Jane aus ihren Gedanken. Sie sah erschrocken zu Richard hinüber, der sie nur kopfschüttelnd angrinste.

„ Was ist passiert?", fragte Jane.

„ Nichts, außer, dass ich seit ein paar Minuten versuche, ein Gespräch mit dir zu führen und du mich einfach ignorierst. Wo warst du nur mit deinen Gedanken?"

„ Es tut mir Leid, ich habe nachgedacht. Über unsere Reise, Johan, diese Frau, die mir ständig begegnet, über Rebecca und über uns. Was, wenn wir Rebecca nicht finden? Manchmal habe ich das Gefühl, verrückt zu werden, weil ich mir alles nicht erklären kann. Entschuldige bitte, aber hätte uns Johan nur ein wenig mehr erzählt, müsste ich mir nicht solche Gedanken machen. Und vor allem weiß ich noch immer nicht, warum ich in dieser Sache involviert bin. Ich gehöre nicht zur Familie."

Aber das wäre schön, dachte Richard, verwarf den Gedanken aber gleich wieder. Er wollte nicht voreilig sein, damit nicht zerstören, was er mit Jane hatte. Es war etwas Besonderes, dessen war er sich sicher. Er nahm ihr Kinn hoch und schaute sie an.

„ Jane, ich verstehe dich, auch mir geht diese ganze Sache nicht aus dem Kopf. Ich überlege auch, warum wir das tun und vor allem, was damals passiert ist. Wir werden Rebecca finden und dann werden wir alles erfahren. Und du bist ganz bestimmt nicht verrückt, was diese Träume angeht, es gibt viele Sachen, die man rational nicht erklären kann, Jane. Ich habe es auch gespürt, als ich bei dir war. Obwohl, ein bisschen verrückt bist du schon...", meinte Richard und stupste Jane leicht auf die Nase und lächelte.

Ja, nach dir, dachte Jane und boxte ihn gespielt an die Schulter. Im Verlauf der nächsten zwei Stunden fuhren die beiden durch tiefe Täler, über schmale Straßen und durch die wunderbaren Gebirgszüge. Richard erzählte Jane von seiner Kindheit und dem Leben bei seinem Großvater. Bisher hatte er außer mit seinem Freund Simon mit niemandem über seine Eltern geredet.

Die beiden waren nicht verheiratet gewesen. Richard trug den Nachnamen seiner Mutter. Sie war eine junge Studentin aus London gewesen, die sich ihren Lebensunterhalt mit Aushilfsjobs verdiente. Sein Vater hatte sie in einem kleinen Pub kennen gelernt. Die beiden verliebten sich ineinander, sie brach ihr Studium ab und folgte Richards Vater aufs Land. Sie wohnten zusammen in dem kleinen Cottage auf dem Gut, in dem jetzt Richard lebte. Beide arbeiteten im Immobiliengeschäft von Johan und hatten ein gutes Auskommen. Es war für alle eine große Freude, als Richard geboren wurde. Seine Eltern waren überglücklich und Johan freute sich ganz besonders über den kleinen Enkel. Er hatte schon nicht zu träumen gewagt, je einen Sohn zu haben, ganz zu schweigen von einem so wunderbaren Enkel. Richard war ständig mit Johan zusammen. Sie spielten miteinander, Johan las ihm vor und er brachte ihm das Reiten und Jagen bei. Es schien immer, als ob nur Richard den Großvater aufmuntern konnte. Bei ihm verschwand sein trauriges Gesicht und machte einem glücklichen Lächeln Platz.

Von seiner Großmutter wusste er nicht viel. Sie war kurz nach der Geburt von Richards Vater verstorben. Über sie redete Johan nur sehr selten. Richards Eltern nahmen sich ebenfalls viel Zeit für ihn. Besonders, nachdem seine Mutter eine Fehlgeburt erlitten hatte, konzentrierte sie ihre ganze Aufmerksamkeit auf Richard. Sie alle waren viel zusammen unterwegs, manchmal nahmen sie sogar Rosa mit, was für Richard immer besonders schön war. Er neckte sie gerne und mochte es, wenn sie ihm dann mit erhobenen Händen hinterherlief, um ihn zu fangen. Das schaffte sie natürlich nie.

Eines Abends, als die Eltern zum Abendessen bei Freunden eingeladen waren, saß Richard mit Johan auf der Couch und beide sahen sich einen Film an. Eigentlich war es für einen Achtjährigen schon etwas spät, aber Johan hatte Richard erlaubt, den Film noch zu Ende zu sehen, bevor er ins Bett musste. Das Telefon klingelte und Rosa nahm ab.

Ein grauenvoller Schrei durchdrang das ganze Haus. Johan und Richard sahen sich kurz ratlos an, bevor Johan aufstand und, so schnell er konnte, in den Flur humpelte. Richard wies er an, sitzen zu bleiben und zu warten. Einige Zeit später kam Johan zurück ins Wohnzimmer. Er war kreidebleich, er sah einfach schrecklich aus. Diesen Gesichtsausdruck würde Richard nie vergessen.

Was ist passiert, was ist mit Rosa, wollte Richard wissen, aber Johan winkte nur ab und bestand darauf, dass Richard sofort ins Bett ging. Trotz der aufwühlenden Gedanken schlief Richard schnell ein.

Am nächsten Tag nahm ihn sein Großvater an die Hand und ging mit ihm auf die große Weide hinter dem Haus. Er sagte lange nichts, und als es Richard etwas mulmig zu Mute wurde, seinen Großvater so schweigsam neben sich herlaufen zu sehen, noch dazu mit verquollenen Augen und aschfahler Haut, sagte er zu ihm, dass er schnell im Cottage bei seinen Eltern vorbeischauen

127

wollte. Sie mussten ja sicher wieder da sein, sie wollten ja nach dem Abendessen zurückkommen.

Johan antwortete ihm, dass sie nicht zurückgekommen seien, und als Richard nachfragte, wann sie denn kommen würden, nahm ihn Johan in den Arm und sagte unter Tränen, dass sie nicht wiederkommen würden. Nie wieder.

Richards Eltern waren auf der Rückfahrt von ihrem Abendessen in ihrem Wagen von einem Lastkraftwagen erfasst worden, der mit hoher Geschwindigkeit aus einer Einfahrt auf die Hauptverkehrsstraße auffuhr. Der Wagen seiner Eltern wurde gegen einen Baum geschleudert.

Richards Eltern waren sofort tot.

Jane konnte ihre Tränen nicht zurückhalten. Sie weinte mit ihm um seine Eltern. Das Schicksal hatte sie ihm genommen und er blieb zurück.

„ Richard, das tut mir alles so Leid, wie hast du das nur verkraftet? Du warst ein kleiner Junge?"

Richard hatte inzwischen an einem Hotel außerhalb eines kleinen Ortes angehalten. Er drehte sich zu ihr um und Jane sah die Tränen in seinen Augen.

„ Ich bin weggelaufen. Ich habe mich für zwei Tage in meinem Geheimversteck auf dem Gut verkrochen und wollte nichts hören, nichts sehen, nur bei meinen Eltern sein. Wenn auch nur in Gedanken. So viel wie damals habe ich nie wieder geweint. Mein Großvater fand mich schließlich, er war völlig verzweifelt, unendlich traurig und auch wütend auf mich.

Er drückte mich eng an seine Brust und so saßen wir noch Stunden zusammen in meinem Versteck und trauerten. Wir haben uns gegenseitig getröstet und Rosa war eine wunderbare Stütze für uns beide."

Richard beugte sich zu Jane hinüber, um ihr einen Kuss auf die Wange zu geben. Er küsste dabei ein paar ihrer Tränen weg und forderte sie auf, wieder zu lächeln.

„ Es ist lange her, Jane. Ich werde sie mein Leben lang vermissen, aber ich habe es überwunden."

Jane konnte Richards Schmerz spüren und sie verstand mehr und mehr, warum Johan immer diese Traurigkeit in seinen Augen hatte. Er hatte vor langer Zeit schwere Schicksalsschläge hinnehmen müssen und konnte das bis heute nicht verwinden.

Johan hatte eine Beziehung zu Rebecca, welcher Art auch immer, gehabt, sie verließ das Land und er hatte sie seither nie wieder gesehen.

Seine Frau, Richards Großmutter, starb nach der Geburt ihres Sohnes und so ereilte auch ihn ein grausames Schicksal. Jane mochte sich nicht vorstellen, wie vor Kummer zerrissen Johan war. Und er hatte dennoch den Lebensmut nie ganz verloren, für Richard. Er war alles, was ihm von seiner Familie geblieben war.

28

Richard half Jane aus dem Wagen und sie gingen in das kleine Hotel, welches sie für die Nacht ausgesucht hatten. Diesmal nahmen sie ein gemeinsames Zimmer. Sie brachten ihre Sachen nach oben, und da sie bis zum Abendessen noch ein wenig Zeit hatten, beschlossen sie, noch einen Spaziergang zu machen.

Jane nahm anschließend eine Dusche, um sich aufzuwärmen. Das heiße Wasser lief angenehm über ihren Körper und ihr wurde langsam wieder warm. Gedankenverloren genoss sie jeden wärmenden Tropfen, als sie eine Hand an ihrem Rücken spürte. Zuerst war Jane kurz irritiert, gab sich aber dann den wunderbaren Berührungen hin.

Richard nahm die Seife und verteilte sie mit kreisenden Bewegungen auf Janes Schultern. Langsam begann er Janes Hals zu küssen, wobei er mit seinen Händen weiter am Rücken entlang nach unten strich. Vorsichtig tastete er sich zu ihrem Bauch vor, rieb mit entspannenden Bewegungen über ihre Hüfte, um sich dann behutsam zuerst, dann immer fordernder ihrem Busen zu widmen. Leises Stöhnen drang in Janes Ohr und auch sie konnte ein wohliges Seufzen nicht unterdrücken. Sie spürte Richard hart an ihrem Rücken, er wurde mehr und mehr in den Strudel der Erregung geführt, dem auch Jane nicht mehr entrinnen konnte. Er glitt erwartungsvoll mit seinen Händen über ihre Oberschenkel, dann langsam zu ihrem Po und zurück. Sein Streicheln wurde intensiver, seine Berührungen fester und seine Küsse gingen in sanfte Bisse über. Jane wurde von einer Welle der Lust erfasst, als Richard fast unmerklich über ihre empfindliche Stelle streifte. Würde er das noch mal tun, würde sie dem Höhepunkt nicht entkommen können. Und er tat es, so sanft und doch so fest, dass Jane sich ihrer Leidenschaft nicht mehr erwehren konnte. Sie waren voneinander berauscht und verloren sich atemlos ineinander.

29

Am nächsten Morgen fuhren Jane und Richard nach dem Frühstück los. Wenn sie im Zeitplan bleiben würden, müssten sie die Fähre zur Insel Mull rechtzeitig erreichen und wären am frühen Abend da. Die Überfahrt dauerte nur ca. 20 Minuten.

Langsam wuchs bei beiden die Aufregung, ob sie Rebecca auch antreffen würden und wenn, wäre es dann auch die Frau, die sie suchten? Sie hatten bisher nur Anhaltspunkte, dass sie auf der Insel lebte, aber sicher waren sie nicht. Sie hatten auch dieses Foto von einer jungen Frau um die 20 Jahre, aber darauf würde man Rebecca vielleicht gar nicht mehr erkennen. Sie würden sich durchfragen und auf das Beste hoffen müssen.

Richard fuhr den Wagen gerade noch rechtzeitig auf die Fähre, bevor sie ablegte. Es würde nicht mehr lange dauern, bis sie in dem Ort ankommen würden, in dem sie Rebecca vermuteten.

Da es erst fünf Uhr war, hatten Jane und Richard beschlossen, in dem kleinen Laden, den sie entdeckt hatten, schon einmal ihre Fühler nach Rebecca auszustrecken. Leider konnte ihnen die Frau hinter dem Tresen nichts über eine Rebecca Mc Cathy sagen. Sie sei auch noch nicht so lange im Ort, um alle Leute zu kennen, gab sie zur Kenntnis. Jane bestand darauf, noch in dem kleinen Gasthaus am Hafen nach ihr zu fragen, bevor sie sich eine Unterkunft suchten. Aber auch dort schien niemand Rebecca jemals begegnet zu sein. So gingen die beiden vorerst ins Hotel.

Hand in Hand erkundeten sie anschließend die entzückende Altstadt des Fischerortes, um ein Lokal ausfindig zu machen, in dem sie gemütlich zu Abend essen konnten.

„ Meinst du, wir finden sie, Richard? Was ist, wenn wir uns geirrt haben und sie vielleicht ganz woanders lebt?"

„ Es könnte schon sein, dass wir hier völlig falsch sind, aber lass es uns doch einfach weiter versuchen. Wir werden sie schon finden und wenn nicht, fangen wir eben ganz von vorne an."

Richard versuchte Jane ein wenig aufzumuntern, obwohl er auch nicht mehr sicher war, ob ihre Suche Erfolg haben würde. Bisher hatte noch niemand etwas zu Rebecca sagen können, aber sie hatten ja auch noch nicht viele Leute im Ort gefragt. Jane blieb ganz plötzlich stehen.

„ Richard, schau mal, was für ein süßes kleines Lokal! So ein niedliches Haus habe ich ja noch nie gesehen!", rief Jane. Und tatsächlich, zwischen riesige Gebäude, die zum Ortskern und dem Marktplatz gehörten, war ein kleines Häuschen gezwängt, das aussah, als stammte es aus einem Märchen. Es schien so gar nicht zu den restlichen Gebäuden zu passen und doch stand es dort genau richtig. Das Untergeschoss war hell erleuchtet und ein altes Schild lud zur Einkehr ein.

„ Das ist ja genau das Richtige für uns!", rief Richard begeistert.

Die beiden betraten das belebte Lokal und waren sofort überwältigt von seinem Ambiente. Es war urig eingerichtet, sehr gemütlich gestaltet und liebevoll dekoriert. An den Wänden hingen unzählige alte Fotos und Andenken.

Richard fand einen kleinen Tisch. Sie setzten sich und bestaunten die vielen Erinnerungsstücke an der Wand. Manche von ihnen mussten sehr alt sein. Das kleine Häuschen, in dem sie sich jetzt befanden, war oft abgebildet. Lachende Gesichter schmückten viele der Fotos an der Wand und der idyllische Ort mit all seinen Vorzügen war auf den Bildern zu sehen.

Das Meer, Schiffe, der hübsche Marktplatz und immer wieder Menschen beim Feiern, Entspannen und Arbeiten. Die Geschichte des kleinen Fischerortes schien an den Wänden des Lokales dokumentiert zu sein. Jane war begeistert. Hinter jedem Foto steckte eine Geschichte, die es wert war, aufgeschrieben zu werden. Janes Schriftstellerherz war entzückt.

„ Ist das schön hier, ich könnte stundenlang, ach was, tagelang hier sitzen und die Geschichten aufschreiben, die mir diese Bilder erzählen."

Ihre Augen leuchteten. Richard schaute sie an und war vollkommen begeistert von ihrer Euphorie. Sie war so bezaubernd in ihrer Art, dass man gar nicht anders konnte, als sie zu mögen.

„Was darf ich Ihnen bringen?", unterbrach eine männliche Stimme Richards Gedanken.

„Oh, entschuldigen Sie, wir sind bisher noch nicht dazu gekommen, etwas auszuwählen, wir waren so fasziniert von der Einrichtung Ihres Gasthauses. Aber einen guten Rotwein könnten Sie uns bringen, oder, Jane?" Jane nickte, sich noch immer im Raum umschauend.

„ Darf ich fragen, wer das Lokal so wunderschön eingerichtet hat?"

„ Das war unsere Hausherrin, Mrs Dunken."

30

Der Kellner ging und Jane fragte Richard, ob sie ihn nicht nach Rebecca fragen könnten. Als er mit dem Wein zurückkam, fragte Richard nach, ob er im Ort eine Rebecca Mc Cathy kenne. Er schüttelte den Kopf.

„ Nein, Sir, eine Dame mit diesem Namen kenne ich nicht", antwortete Jeff Atkins knapp und überließ den beiden die Speisekarten.

Lydia kam mit einer Bestellung gerade aus der Küche, als Jeff sie kurz aufhielt.

„ Lydia, ist deine Mutter noch in der Küche?"

„ Ja, natürlich, Dad, sie ist nur schnell in die Vorratskammer gegangen, um frische Kräuter zu holen."

Jeff nickte und machte eine weitere Getränkebestellung fertig. Lydia wunderte sich über den besorgten Blick ihres Vaters, als er nach ihrer Mutter gefragt hatte. Jeff nahm anschließend Janes und Richards Bestellung auf. Die beiden hatten sich für die Spezialität des Hauses entschieden, Lachsforelle mit Süßkartoffeln.

Ava machte sich gerade daran, den Salat zu waschen, als Jeff hereinkam.

„ Ava, Liebes, es ist etwas merkwürdig, aber draußen sitzt ein junges Pärchen, das sich nach Rebecca Mc Cathy erkundigt hat, sie klingen wie Engländer."

„ Oh! Was hast du geantwortet, Jeff? Warum fragen sie nach ihr? Was wollen sie von ihr?", fragte Ava erstaunt nach.

Jeff zuckte mit den Schultern.

„ Ich habe gesagt, ich kenne sie nicht, und was sie von ihr wollen, weiß ich nicht. Ich werde sie nachher fragen. Mach dir keine Gedanken, Liebling."

Ava schüttelte ungläubig den Kopf. So etwas, was sollten zwei Engländer von Rebecca Mc Cathy wollen? Woher kannten sie ihren Namen?

Niemand hatte sie je so genannt. Sie war für alle Peggy Dunken, Rebecca Mc Cathy war sie schon lange nicht mehr.

Ava rief Lydia zu sich, um ihr Bescheid zu geben, dass sie kurz mal nach oben gehen würde.

Es war wieder ein langer Tag gewesen und ihr taten die Füße weh. Ihr Lokal auf der Insel ging wirklich gut.

Ava, Jeff und Lydia arbeiteten in dem kleinen Familienbetrieb wunderbar zusammen. Sie ging die Treppen zu ihrer Wohnung hinauf, öffnete leise die Tür und ging ins Wohnzimmer.

„ Mum, schläfst du schon?"

Natürlich war sie wieder vor dem Fernseher eingeschlafen. Ihre Mutter war eine bemerkenswerte Frau und Ava liebte sie abgöttisch. Sie würde diesen Monat 70 Jahre alt werden, war aber noch immer voller

Energie. Sie hatte vor vielen Jahren dieses Lokal mit Avas Vater aufgebaut. Sie hatten das damals fast verfallene Gebäude übernommen und nach und nach restauriert. Mit der Zeit war dieses wunderbare kleine Haus entstanden, das es heute war. Ava weckte sie vorsichtig.

„ Mum, wach auf, ich muss kurz mit dir reden."

Langsam öffnete Peggy die Augen und schaute ihre Tochter liebevoll mit verschlafenen Augen an.

„ Ist alles in Ordnung im Lokal?", fragte Peggy.

„ Ja, Mum, aber unten sitzen zwei Engländer, ein Paar, das sich nach Rebecca Mc Cathy erkundigt hat."

Sofort war die alte Dame hellwach.

„ Bitte, was? Wie kann das sein? Was wollen sie?"

„ Jeff wird sie noch mal fragen, jetzt beruhige dich erst mal, du bist ja ganz blass!"

Peggy setzte sich aufrecht hin und versuchte sich tatsächlich wieder ein bisschen zu beruhigen. Sie hatte vor so langer Zeit England den Rücken gekehrt. Warum fragten dann ausgerechnet jetzt zwei Fremde aus ihrem Heimatland nach ihr?

Peggy bemerkte, dass Ava sie besorgt ansah.

„ Es ist alles in Ordnung, Ava, mach dir keine Sorgen. Jeff soll einfach kurz nachfragen, warum sie sich nach mir erkundigt haben, und dann werden wir es ja wissen. Weißt du, vielleicht ist unser kleines Lokal sogar in

England bekannt und die beiden haben vielleicht irgendwie meinen Namen damit in Verbindung gebracht."

Mehr um sich selbst zu beruhigen, dass sie ihre Vergangenheit nicht eingeholt hatte, lächelte sie ihre Tochter an und streichelte ihr sanft die Wange.

„ In Ordnung, Mum, wie du meinst, wir werden ja sehen, was sie sagen. Ich ziehe nur kurz meine anderen Schuhe an und gehe wieder hinunter. Wenn ich etwas weiß, komme ich zu dir, ja?"

Peggy nickte liebevoll. Sie war so dankbar für ihr Glück, eine so wunderbare Familie zu haben. Die Zeit nach dem Tod ihres Mannes war für alle sehr schwer gewesen, aber sie hatten es geschafft, wieder ins Leben zurückzufinden und sein Andenken mit dem Lokal fortzuführen. Peggy war immer glücklich gewesen in Schottland. Sie hatte ihre schmerzhafte Vergangenheit in England hinter sich gelassen. Sie hatte mit ihrer Tochter nie darüber gesprochen, nur ihr Mann hatte über ihre Zeit in England Bescheid gewusst.

Ava gab ihrer Mutter einen Kuss auf die Wange und ging dann wieder hinunter ins Lokal. Ava machte sich ein wenig Sorgen um ihre Mutter, sie hatte sie selten so geschockt und fassungslos gesehen. Irgendetwas musste sie irritiert haben. Ava wusste zwar, dass Peggy aus

England stammte, aber über diese Zeit hatte sie nie gesprochen. Als sie in die Küche kam, standen Lydia und Jeff am Spülbecken und unterhielten sich. Als sie Ava bemerkten, drehten sie sich zu ihr um.

„ Alles in Ordnung mit Mum? Kann sie sich erklären, warum Engländer nach ihr fragen?"

Ava schüttelte nachdenklich den Kopf.

„ Nein, sie weiß es nicht und sie war auch sichtlich geschockt, als ich es ihr erzählt habe. Ich weiß nicht viel über ihr Leben in England damals, ich weiß nur, dass sie daran keine guten Erinnerungen hat. Sie hat nie viel darüber geredet. Hast du die beiden am Tisch nach dem Grund gefragt, warum sie sie suchen?"

„ Das werde ich jetzt tun."

Jeff gab seiner Frau einen Kuss auf die Stirn, nahm das Essen mit und ging hinaus zu Richards und Janes Tisch. Er stellte das Essen auf den Tisch und wandte sich an Richard: „Sir, darf ich fragen, warum Sie sich nach Rebecca Mc Cathy erkundigen? Gibt es dafür einen bestimmten Grund?"

Richard schaute zu Jane hinüber. Jane nickte, um ihm damit zu sagen, dass es sicher in Ordnung wäre, wenn Richard ihm den Grund seiner Frage nannte.

„ Wir kommen aus England, genauer gesagt aus einer kleinen Stadt in der Nähe von Ambleside, Cumbria. Mein Großvater, Johan Stanton, hat uns gebeten,

Rebecca aufzusuchen und ihr einen Brief zu überbringen. Er muss sie vor langer Zeit gekannt haben und es ist ihm sehr wichtig, dass der Brief Rebecca erreicht. Wir hatten nur ein paar Anhaltspunkte zu ihrem Aufenthaltsort und die haben uns hierher geführt. Können Sie uns vielleicht doch helfen?"

Jeff war erstaunt über diese Erklärung, damit hatte er nicht gerechnet. Peggys Vergangenheit schien sie tatsächlich einzuholen.

„ Ich werde mich für Sie umhören, wenn Sie das möchten. Wo werden Sie wohnen, während Sie auf der Insel sind?"

„ Oh, das wäre nett von Ihnen. Wir haben uns in das Hotel am Ortsrand eingemietet. Vielen Dank!", sagte Jane.

Als Jeff zurück zum Tresen ging, meinte Jane:

„ Vielleicht haben wir doch Glück und sie lebt hier auf der Insel". Dabei zwinkerte sie Richard zu und nahm einen Bissen ihres köstlichen Fisches.

Ja, dachte Richard, vielleicht weiß dieser Mann auch mehr, als er bisher gesagt hat. Es kam ihm seltsam vor, dass er beim ersten Gespräch so wortkarg gewesen war, was Rebecca anging, und jetzt so interessiert nachfragte, warum sie sich nach ihr erkundigten. Es war möglich, dass er sie kannte, aber sie vielleicht vor Fremden schützen wollte. Nachdem sie ihr Abendessen und den hervorragenden Wein genossen hatten, verabschiedeten sie sich von Jeff mit der Zusage, ganz bestimmt noch mal vorbeizuschauen, weil ihnen das Lokal so gut gefiel und das Essen wunderbar war.

31

Jane und Richard liefen durch das vom Mond in ein sanftes Licht getauchte, malerische Städtchen. Sie ließen den Abend mit einem weiteren Glas Wein auf ihrem Zimmer ausklingen, unterhielten sich über den Tag und nahmen sich vor, am morgigen Tag in der Stadt weiter nach Rebecca zu suchen. Wenn sie nicht weiterkamen, konnten sie immer noch auf der Einwohnermeldestelle der Stadt nachfragen.

Indes schloss das kleine Lokal in der Innenstadt. Jeff schloss hinter Lydia ab, die in ihre Wohnung am anderen Ende der Stadt fuhr. Sie hatte noch lange bei den Eltern und bei der Großmutter gewohnt, doch mit Ende zwanzig war sie der Meinung, doch endlich auf eigenen Füssen stehen zu müssen und war mit ihrem Freund vor zwei Jahren zusammengezogen.

Ava löschte das Licht in der Küche und ging mit Jeff die Treppen zu ihrer Wohnung hinauf. Peggy war bereits vor einiger Zeit zu Bett gegangen. Das war auch gut so, hatte doch Ava befürchtet, sie würde wach bleiben, um zu erfahren, was die jungen Engländer noch gesagt hatten. Jeff hatte Ava alles erzählt und sie war sich nicht sicher, wie es Peggy auffassen würde. Ava hatte noch nie von einem Johan Stanton gehört, Peggy hatte ihn nie erwähnt. Und was wollte er ihr nur für einen Brief zukommen lassen? Sie musste abwarten, wie die Mutter auf diese Information reagieren würde. Wahrscheinlich hatte die ganze Sache mit Peggys Zeit in England zu tun, schließlich war sie dort geboren. Es wäre auch möglich, dass es sich um eine Erbangelegenheit handelte und die beiden beauftragt waren, den Erbschein an Peggy zu übergeben. Aber soweit Ava wusste, gab es keine weiteren Familienangehörigen mehr und dass Peggy nach so langer Zeit in Schottland noch in irgendeiner Form durch jemanden in England begünstigt werden sollte, konnte sie sich nicht vorstellen.

Am nächsten Tag öffnete das Lokal erst am späten Nachmittag. Es war Freitag und erfahrungsgemäß kamen die ersten Gäste an diesem Tag erst mit der Fähre um fünf Uhr auf die Insel. An diesen Tagen genoss die Familie im „Dunken's Inn" ein ausgiebiges Frühstück, und die freie Zeit bis zur Öffnung des Gasthauses wurde zu langen Gesprächen und Besorgungen genutzt.

An diesem Morgen wachte Ava erst spät auf, sie hatte heute nicht viel zu erledigen und wollte sich ein wenig Ruhe gönnen. Deshalb hatte sie am Abend zuvor auch den Wecker nicht gestellt. Jeff war bereits wach, Ava hörte ihn im Badezimmer. Als sie aus dem Bett kroch und sich den Morgenmantel überwarf, hörte sie ihre Mutter in der Küche werkeln. Sie hatte sicher schon das Frühstück vorbereitet. Die Wohnung über dem „Dunken´s Inn" war recht groß und abgeteilt. So hatte Peggy ihren Bereich und auch Jeff und Ava den ihren. Nur die große Küche wurde gemeinsam genutzt. Als Ava zu ihrer Mutter in die Küche kam, erwartete sie sie bereits.

„ Seid ihr beiden Langschläfer endlich wach? Ich bin am Verhungern," grinste Peggy ihre Tochter an.

Sie gab Ava einen kleinen Klapps auf den Po und deutete auf einen der Stühle. Peggy brachte ihrer Tochter eine große Tasse Kaffee, mit viel Milch, so wie sie es mochte.

„ Ach, Mum, du bist ein Engel, danke schön!"

Ava liebte es, mit fast 50 noch immer von ihrer Mutter umsorgt zu werden.

„ Liebes, ihr hattet gestern sicher wieder sehr viel zu tun, da ist es doch das Mindeste, wenn ich euch ein bisschen verwöhne", schmunzelte Peggy. Als wenig später Jeff zu den beiden an den Tisch kam, war die kleine Runde komplett. Die drei unterhielten sich über alle möglichen Dinge, bis Jeff, noch mit einem Stück Brot im Mund, fragte:

„ Hast du Peggy schon erzählt, was die beiden Engländer noch gesagt haben?"

Geschockt über diese gut gemeinte, aber leichtsinnige Frage, starrten Peggy und Ava Jeff an. Oh je, dachte Ava, ich hatte gehofft, dieses Gespräch noch ein wenig hinauszögern zu können. Peggy sah irritiert zu ihrer Tochter hinüber.

„ Was denn, Ava, was haben sie gesagt?"

Ava zögerte ein wenig. So recht wusste sie nicht, wie sie es Peggy sagen sollte, sie hatte ein bisschen Angst davor, wie sie reagieren würde.

„ Soll ich?", fragte Jeff.

Ava nickte stumm und beobachtete ihre Mutter genau, als Jeff ihr berichtete, was die beiden gestern zu ihm gesagt hatten. Peggys Gesichtszüge wurden starr, ihre Haut mit einem Mal blass und ihr blieb der Mund offen stehen, als Jeff den Namen Johan Stanton erwähnte. Nach einer gefühlten Ewigkeit begann Peggy sich aus ihrem Stuhl zu erheben. Ihr sonst so jugendliches Aussehen, was noch immer daran erinnerte, was für eine wunderschöne Frau sie gewesen war, glich sich plötzlich ihrem tatsächlichen Alter an.

„ Mum, kennst du diesen Mann? Was will er von dir?", fragte Ava bestürzt. Aber Peggy winkte ab, sagte, sie müsse jetzt allein sein und ging in ihr Wohnzimmer.

Jeff und Ava wechselten nur erschrockene und verwirrte Blicke. Sie wussten auf ihre Reaktion nichts zu sagen. Sie ließen ihr die Zeit, diese offensichtlich erschreckende Nachricht zu verdauen. Also doch kein vergessenes Erbe, dachte Ava.

Nachdem ihre Mutter nach einer Stunde noch immer nicht aus ihrem Zimmer herausgekommen war, klopfte Ava vorsichtig an die Tür. Peggy antwortete zunächst nicht.

„ Mum, ist alles in Ordnung? Darf ich reinkommen?"

Als sich Peggy noch immer nicht regte, bekam Ava Angst und öffnete langsam die Tür. Sie konnte Peggy erst gar nicht sehen, fand sie dann aber zusammengesunken in dem großen Lehnsessel, den sie so liebte.

Peggy weinte, sie sah so zerbrechlich aus, so verletzt. Ava kniete sich zu ihr.

„ Mum, was ist mit dir? Rede mit mir, bitte!"

Jetzt sah Ava auch die vielen alten Fotoalben, die auf Peggys Schoß und neben dem Sessel lagen. Es waren

Fotos, die Ava nie zuvor gesehen hatte. Ohne die Fotos näher zu betrachten, nahm Ava sie von Peggys Schoß und umarmte ihre Mutter. Peggy rannen die Tränen unkontrolliert über die Wangen. Sie konnte sich kaum beruhigen. Die beiden hielten sich eine Weile fest umarmt, bis sich Peggy langsam von Ava löste. Sie schaute ihrer Tochter in die Augen und sagte:

„ Nach so langer Zeit haben mich schreckliche Erinnerungen an die Zeit in England eingeholt, die ich so lange versucht habe zu vergessen. Ich weiß, ich habe euch nie von damals erzählt, aber es war zu schlimm für mich. Ich habe hier mit deinem Vater ein neues Leben angefangen und war so glücklich, nicht mehr zurückschauen zu müssen."

Schluchzend hob sie die Hände, stützte sich am Sessel ab, um aufzustehen.

„ Aber jetzt ist es wohl so, dass ich mich mit meiner Vergangenheit auseinandersetzen muss, ob ich das will oder nicht."

Ava war völlig durcheinander. Sie kannte ihre Mutter so gut, sie ahnte, dass sie mit sich zu kämpfen hatte.

„ Möchtest du darüber reden, Mum?" fragte Ava vorsichtig. Aber Peggy schüttelte den Kopf.

„ Ich kann noch nicht, ich brauche noch ein bisschen Zeit."

„ Möchtest du die beiden Engländer kennen lernen, die den Brief dieses Mannes für dich hergebracht haben?"

Wieder liefen Peggy die Tränen, sie riss sich jedoch sofort zusammen und entgegnete:

„ Schatz, das werde ich noch entscheiden, aber nicht jetzt. Lass uns erst mal hinunter ins Lokal gehen und nach dem Rechten schauen, vielleicht kann ich euch ein wenig bei den Vorbereitungen für heute Abend helfen."

Sie wollte sich also ablenken, dachte Ava, gut, dann sollte sie das tun. Sie gingen zusammen hinunter und beschäftigten sich in der Küche.

32

Jane hatte am Morgen mit Richard überlegt, wo sie überall hingehen konnten, um nach Rebecca zu fragen. Ihnen waren viele kleine Läden in der Stadt aufgefallen und es gab laut dem Hotelprospekt auch ein Postamt auf der Insel. Das würde ihnen die Suche etwas erleichtern. Nachdem sie in einigen der Läden nach Rebecca Mc Cathy gefragt und keinen Erfolg gehabt hatten, gingen Jane und Richard zum Postamt. Die Dame am Schalter schaute die beiden erstaunt an und meinte, sie könne ihnen fast alle Bewohner der Stadt aufzählen, da sie fast 40 Jahre im Dienst war und bestimmt jeder schon einmal bei ihr gewesen sei, aber eine Frau mit diesem Namen kenne sie wirklich nicht. Jane zeigte ihr das Foto von Rebecca in jungen Jahren und fragte, ob sie ihr bekannt vorkäme. Sie müsste jetzt ungefähr 70 Jahre alt sein. Aber auch auf dem Foto erkannte die freundliche Dame Rebecca nicht.

Resigniert verabschiedeten sie sich und machten sich auf den Weg zurück zum Hotel. Es war mittlerweile früher Nachmittag und da das Wetter so schön war, beschlossen sie, noch ein wenig die Gegend zu erkunden. Möglicherweise trafen sie ja doch noch jemanden, der Rebecca kannte. Wenn sie keinen Erfolg hatten, mussten sie wohl unverrichteter Dinge abreisen.

Die beiden genossen die Zweisamkeit und obwohl sie erst seit so kurzer Zeit zusammen waren, hatten sie das Gefühl, sich schon ewig zu kennen. Jane ließ gedanklich die letzten Tage und Wochen Revue passieren und musste schmunzeln, als sie daran zurückdachte, wie sie am ersten Abend bei Richard wie von selbst zurück zu seiner Tür gegangen war und dann die Nacht mit ihm verbracht hatte. Von Anfang an hatte sie das Gefühl gehabt, dass sie sich magisch von ihm angezogen fühlte, dennoch verursachte dieses Gefühl auch eine gewisse Angst, dass ihr Glück irgendwann zu Ende sein würde. Sie hatten sich blind aufeinander eingelassen, sich ihrer gegenseitigen Zuneigung einfach hingegeben. Aber war es auch mehr als pure Zuneigung und sexuelle Anziehung?

Jane wollte sich diese Frage nicht stellen, es war zu früh, sich solche Gedanken zu machen, und doch ließen sie sie nicht ganz los. Seit sie mit ihm zusammen war, war sie glücklich, allein das zählte.

Richard hatte bemerkt, dass Jane grübelte.

„Worüber denkst du nach, Jane? Über Rebecca oder über uns?"

„ Über uns, Richard.", antwortete Jane schnell.

Er konnte nur hoffen, dass es positive Gedanken waren, die sie an ihn verschwendete. Er war glücklich mit ihr, er wollte, dass sich nichts zwischen ihnen änderte und auch nichts zerredet wurde. Er wollte einfach nur mit ihr zusammen sein, ohne zu zweifeln, ohne nachzudenken.

„ Ich bin glücklich darüber, mit dir hier zu sein", sagte Jane und blieb unvermittelt stehen. Sie sah ihm in die Augen, stellte sich auf die Zehenspitzen und drückte ihm einen Kuss auf den Mund.

„ Und auch, wenn wir Rebecca nicht finden, war unser kleiner Ausflug die schönste Zeit, die ich je hatte."

Richard starrte diese kleine entzückende Frau einfach nur an. Er konnte darauf nicht antworten, er wusste nicht was, er war einfach überwältigt. Da sie nicht weit vom Hotel entfernt waren, schnappte er sie, warf sie sich über die Schultern und rannte halb mit ihr zurück zu ihrem Hotelzimmer. Jane lachte die ganze Zeit über, versuchte sich spielerisch von ihm zu befreien und konnte doch kaum erwarten, mit ihm allein auf dem Zimmer zu sein. Die Leute in der Hotellobby schauten ihnen lediglich kopfschüttelnd nach.

Keuchend ließ Richard Jane aufs Bett fallen. Noch nie hatte sich Richard so schnell seiner Kleider entledigt und machte sich schon daran, Jane von ihren zu befreien. Er wollte sie so schnell und doch so lange und intensiv wie irgend möglich. Immer wieder war er fasziniert, welche Leidenschaft sie in ihm auslöste. Er fiel regelrecht über Jane her, jede Berührung ließ ihn erschaudern, weckte ein unendliches Verlangen in ihm, sie ganz nah bei sich zu haben, sie nie wieder loslassen zu wollen. Ihm wurde mehr und mehr bewusst, dass er nicht nur Leidenschaft für Jane empfand. Janes Körper reagierte auf Richard in unvorstellbarem Maß.

Es war so, als würden sie gegenseitig so voneinander angezogen werden, dass es fast magisch war, als sollte es genau so sein. Jede Berührung von ihm war wie ein Stromstoß, jeder Kuss von ihr war für ihn wie eine Erfüllung und die Sehnsucht, dieses Gefühl für immer festhalten zu müssen. Es war, als wären sie einfach füreinander geschaffen.

Sie lagen nackt nebeneinander auf dem Bett. Sie betrachteten den jeweils anderen mit einem Verlangen, das sie förmlich zerriss. Im nächsten Moment fielen sie regelrecht übereinander her, waren ineinander verschlungen, berührten, streichelten und liebkosten sich, als würde es das letzte Mal sein, dass sie vereint sein konnten. Beide hielten inne, wollten den anderen genießen und begannen, langsam ihre Körper zu entdecken. Jane setzte sich auf, strich vorsichtig mit ihren Fingern über Richards Brust, hinunter zu seinem Bauch, fuhr gleichzeitig mit ihren Lippen über die Innenseiten seiner Schenkel. Ein kurzer Aufschrei der Erregung entfuhr Richard. Jane glitt langsam mit ihrer Zunge nach oben, setzte sich zwischen seine Beine und begann, ihn zu liebkosen. Richard wand sich unter ihr, rief keuchend ihren Namen.

Jane konnte ihr Verlangen nach ihm nicht mehr bremsen. Sie setzte sich auf ihn, vereinte ihre Körper und erklomm den Höhepunkt so schnell, dass ihr die Sinne schwanden. Unter den ekstatischen Bewegungen ihres Körpers raste auch Richard in den zuckersüßen Abgrund.

Jane und Richard lagen noch lange ineinander verschlungen da. Als es allmählich dunkel wurde, lösten sie sich voreinander, schauten sich tief in die Augen und es schien, als würden beide etwas sagen wollen. Aber der Moment verstrich....

33

Im „Dunken's Inn" herrschte Hochbetrieb. Eine Menge Touristen waren heute auf der Insel angekommen und stürmten regelrecht das kleine Lokal. Ava, Jeff und Lydia hatten alle Hände voll zu tun und auch Peggy war noch immer in der Küche und half den dreien. Es war zwar anstrengend für sie, hatte sie sich doch seit mehr als fünf Jahren aus dem Geschäft zurückgezogen, aber es war allemal besser, als über den Brief von Johan nachzudenken. Was sollte sie nur tun? Sie wollte nichts mehr mit der damaligen Zeit zu tun haben, sie hatte für sich einen Weg gefunden, die Vergangenheit zu akzeptieren und auf ihre Art damit fertig zu werden.

Lennard, ihr geliebter Mann, hatte sie glücklich gemacht und vergessen lassen und zusammen hatten sie sich mit dem kleinen Lokal einen Traum erfüllt. Lennard wäre jetzt für sie da gewesen, hätte sie verstanden und gestützt, ihr bei der Entscheidung geholfen.

Was wollte Johan nach so vielen Jahren noch von ihr?

Sie musste darüber nachdenken, die beiden Engländer würden sicher nicht so schnell aufgeben und weiter nach ihr suchen.

Eine innere Stimme sagte ihr, dass sie sich den beiden zu erkennen geben sollte und den Brief von Johan annehmen musste. Vielleicht würde das ihren Schmerz ein wenig lindern, ungeschehen machen konnte er es nicht, was damals passiert war, dessen war sie sich bewusst.

Peggy entschuldigte sich bei ihrer Familie und ging nach oben. Noch lange saß sie über den alten Fotos, Tränen der Trauer liefen ihr übers Gesicht, bis sie schließlich erschöpft einschlief. Peggy hatte an diesem Abend einen Entschluss gefasst.

Ein neuer Tag war angebrochen und so, wie es für Peggy schon am Morgen den Anschein hatte, auch ein weiterer schwieriger Lebensabschnitt.

34

Jane und Richard hatten sich vorgenommen, an diesem Tag den letzten Versuch zu machen, etwas über Rebecca in Erfahrung zu bringen. Allmählich glaubten sie nicht mehr daran, sie hier auf der Insel zu finden. Ihre Vermutung bestätigte sich, als sie auch bei der Einwohnermeldestelle keinen Erfolg hatten. Sie hatten von Rebecca lediglich den Mädchennamen, das Geburtsdatum und ein altes Foto. Der junge Mann in der Meldestelle hatte angeboten, noch mal bei der übergeordneten Behörde nachzufragen und sich bei den beiden zu melden, wenn er etwas in Erfahrung bringen würde. Richard hinterließ seine Handynummer und gab ihm auch die Anschrift und die Nummer des Hotels, dass er sie gegebenenfalls erreichen konnte.

„ Sollten wir nicht bei Johan anrufen und ihm Bescheid geben, dass wir Rebecca nicht gefunden haben? Er macht sich sicher Gedanken", meinte Jane, als sie auf dem Weg zum Hafen waren. Sie wollten die Insel wenigstens noch ein bisschen kennen lernen, bevor sie unverrichteter Dinge wieder abreisen mussten.

„ Ich glaube, du hast Recht. Großvater sollte wissen, dass Rebecca höchstwahrscheinlich nicht hier ist. Aber ich denke, wir warten noch bis morgen. Wir können uns hier noch ein wenig umhören und es besteht ja auch die Möglichkeit, dass Mr Graham von der Meldestelle doch noch etwas findet, was uns helfen könnte."

Jane nickte stumm und lenkte ihren Blick auf die wunderschönen alten Schiffe und Boote im Hafen. Es war wirklich schön hier. Falls Rebecca doch auf der Insel lebte und sie sich als neue Heimat ausgewählt hatte, konnte Jane sie verstehen. Sie trafen viele Leute, die am Hafen spazieren gingen, viele Touristen wie sie, aber auch Einheimische. Sie werkelten an ihren Booten oder verkauften an kleinen Ständen frischen Fisch. An einem der Stände stand eine ältere Dame, die gerade neue Ware aus den Kisten packte. Richard ging auf sie zu und sprach sie an.

„ Madam, darf ich Sie fragen, wie lange Sie schon auf der Insel leben?" Die Frau schaute ihn freundlich an.

„ Mein ganzes langes Leben, Sir, warum fragen Sie?" Richard lächelte.

„ Entschuldigen Sie, aber wir suchen eine Frau namens Rebecca Mc Cathy, ich dachte, Sie würden sie vielleicht kennen, sie müsste ungefähr 70 Jahre alt sein."

Die Frau schaute die beiden nun misstrauisch an. Ihr freundliches Gesicht verschwand und sie machte sich wieder an ihre Arbeit.

„Wissen Sie, wir geben hier nicht gerne Auskunft an Touristen, was unsere Bewohner betrifft. Ich kenne diese Frau nicht!"

Und damit drehte sie Richard und Jane den Rücken zu, um ihnen zu zeigen, dass das Gespräch damit beendet war. Verdutzt schauten sich die beiden an.

„ Haben Sie trotzdem vielen Dank!", sagte Jane und lief eilig mit Richard weiter. Sie setzten sich auf eine Bank am Ufer. Diese Idylle war hinreisend. Jane hätte stundenlang hier sitzen können.

„Kam dir das nicht ein wenig merkwürdig vor?", riss Richard Jane aus ihren Gedanken. Jane wandte sich ihm zu.

„ Ja, etwas komisch war das schon. Aber vielleicht ist das Völkchen auf der Insel eben ein bisschen eigen. Es ist aber auch möglich, dass die Frau mit dem Namen doch etwas anzufangen wusste. Ich denke aber, es ist wohl eher unwahrscheinlich, dass sie ein zweites Mal mit uns redet. Sie hat dich ganz schön abblitzen lassen, junger Mann!"

Jane knuffte Richard in die Seite und grinste ihn frech an. Gespielt arrogant reckte Richard sein Kinn nach oben und sagte:

„Das passiert mir sonst nicht, normalerweise hab ich einen Schlag bei den Frauen!" Lange hielt er es nicht aus, ernst zu bleiben und stürzte sich auf Jane, bis sie vor Lachen um Gnade bettelte.

Hand in Hand gingen sie zurück in die Stadt, sie wollten gerne noch einmal in dieses hübsche Lokal am Markt, weil es ihnen so gut gefallen hatte. Es war erst früher Abend, also ließen sie sich Zeit. So ganz ging Jane die Marktfrau am Hafen nicht aus dem Kopf. Wieso hatte sie plötzlich so ärgerlich reagiert? Sie hätte die beiden auch so freundlich wie zuvor darauf hinweisen können, dass sie keine Auskunft gibt. Aber ihre ganze Art hatte sich mit einem Mal geändert. Schon merkwürdig, dachte Jane, als Richards Handy klingelte.

„ James, hallo?" Richard drehte sich zu Jane herum.

„ Oh hallo, Mr Graham, schön, dass Sie sich melden, haben Sie etwas herausgefunden?"

Erwartungsvoll stand Jane vor Richard. Er schaute sie mit einem Ausdruck an, den sie nicht deuten konnte.

„ Ich danke Ihnen trotzdem, Mr Graham. Vielen Dank für Ihre Mühe und einen schönen Abend für Sie!" Richard legte auf.

„ Was hat er gesagt?", fragte Jane ungeduldig.

„ Er hat auch in den anderen Unterlagen keine Rebecca Mc Cathy gefunden, sagt er, es gibt lediglich einen Eintrag aus dem Jahr 1969 von einer Frau namens Peggy Dunken, die am gleichen Tag geboren ist wie Rebecca. Mehr konnte er mir nicht sagen."

Resigniert hob Richard die Schultern und gab Jane einen Kuss auf die Stirn.

„ Es tut mir Leid, irgendwie scheinen wir hier kein Glück zu haben, was Rebecca angeht."

So sicher war sich Jane da nicht. Irgendetwas kam ihr komisch vor.

„ Rebecca ist 1963 nach Schottland gegangen, nicht? Sie musste sich doch sicher sofort hier oder an einem anderen Ort in Schottland melden oder nicht?"

„ Ja, man hat die Pflicht, sich sofort bei der Behörde zu melden, um hier leben und arbeiten zu können. Tut man das nicht, muss man mit einer Strafe rechnen. Das hat mir Mr Graham auch bestätigt.", sagte Richard.

Und Rebecca musste sich Arbeit gesucht haben. Ohne hätte sie ja nicht überleben können. Es sei denn, sie hätte einen Gönner gehabt. Dennoch machte es keinen Sinn, es sei denn, sie war nie auf dieser Insel gewesen.

Sie waren also wieder am Anfang. Sie würden nach Hause fahren und, wenn Johan darauf bestehen würde, weiter recherchieren und woanders nach Rebecca suchen müssen.

Sie waren an dem kleinen Lokal angekommen und beide freuten sich darauf, ihren vermutlich letzten Abend hier zu verbringen.

„ Dunken´s Inn" war der Name des Lokals, beim letzten Mal hatte Richard gar nicht darauf geachtet.

Dunken… war das nicht auch der Name der Frau, den Mr Graham erwähnt hatte? Es gab schon eigenartige Zufälle, dachte Richard, als sie in den Gastraum kamen. Es war genauso viel los wie am Vortag. Jeff kam auf die beiden zu.

„ Guten Abend! Schön, dass Sie wieder bei uns sind!"

„ Ja, es hat uns so gut gefallen und bevor wir abreisen, wollten wir noch einmal bei Ihnen essen."

„ Gerne, ich habe dort hinten noch einen kleinen Tisch für Sie frei, bitte folgen Sie mir."

Die beiden gingen hinter Jeff her und nahmen am Tisch Platz. Nachdem Jeff die Bestellung der beiden aufgenommen hatte, ging er sofort zu Ava.

35

„ Sie sind wieder da. Die Engländer, sie sitzen in Peggys Nische. Ich hoffe, das war okay, sonst ist alles besetzt."

Ava schaute Jeff überrascht an. Sie hatte nicht damit gerechnet, dass die beiden überhaupt und dann noch so schnell wiederkommen würden.

„ Sie sagten, sie wollten vor ihrer Abreise noch mal bei uns essen."

„ Sie reisen ab?", fragte Ava.

„ Ich glaube, das sollte ich Mum erzählen. Vielleicht möchte sie die beiden doch sprechen. Ich gehe gleich zu ihr."

Jeff nickte und ging wieder hinaus. Lydia kam ihm gerade entgegen.

„ Alles in Ordnung, Dad?"

„ Ich hoffe, Kleine, ich hoffe..."

Ava war inzwischen oben bei Peggy. Sie war gerade dabei, in der Küche aufzuräumen, als Ava hereinkam.

„ Mum, diese beiden Engländer sind wieder da. Jeff meinte, sie wollen bald abreisen und deshalb vorher noch mal bei uns zu Abend essen. Ich dachte, du solltest das wissen."

Ava wandte sich schon zum Gehen, weil sie nicht wusste, wie Peggy reagieren würde. Sie wollte sie nicht wieder aus der Fassung bringen.

„ Ich danke dir, mein Kind. Ich werde dann runterkommen. Vielleicht gibst du mir kurz Bescheid, wenn sie gehen wollen, ja?"

Ava wusste nicht, was sie sagen sollte.

„ Du willst also doch mit ihnen reden? Du möchtest diesen Brief von diesem Mann annehmen?"

Peggy nickte.

„ Ich denke, ich sollte das tun, ja. Ich werde euch zu gegebener Zeit alles erklären, Ava."

Was sollte das nur alles bedeuten? Langsam bekam es Ava mit der Angst zu tun. So geheimnisvoll hatte sich ihre Mutter sonst nie gegeben.

Peggy strich ihrer Tochter eine Strähne aus dem Gesicht und lächelte sie mühevoll an, um ihr zu zeigen, dass alles gut werden würde.

Jane und Richard waren so ineinander vertieft, dass sie gar nicht bemerkten, dass Jeff an ihren Tisch gekommen war. Beide schauten auf, als er sie ansprach und die Getränke abstellte. Versonnen schaute sich Jane ein wenig um.

Das letzte Mal hatten sie an einem anderen Tisch gesessen. Jetzt fiel ihr das Schild über der Tür auf. „ Dunken´s Inn" stand darauf.

„ Wie hieß die Frau, von der Mr Graham am Telefon gesprochen hat?", fragte sie Richard.

„ Dunken, Peggy Dunken. Mir ist das vorhin, als wir hereingekommen sind, auch schon aufgefallen. Merkwürdiger Zufall, nicht?"

Ja, ziemlich merkwürdig, dachte Jane. Aber wahrscheinlich war dieser Name gar nicht so außergewöhnlich, also konnte man schon annehmen, dass es diesen Namen auf der Insel öfter gab. Beim Essen unterhielten sich Jane und Richard darüber, wie sie Johan erklären sollten, dass sie keinen Erfolg bei der Suche nach Rebecca gehabt hatten. Immer wieder schaute sich Jane dabei die vielen alten Fotos an den Wänden an, viele Fotografien schienen einige Jahre alt zu sein und sie konnte das Restaurant in seiner Entstehungsphase darauf erkennen. Immer wieder waren Menschen verschiedenen Alters abgebildet. Bestimmt stammten sie alle aus einer Familie, die dieses Lokal seit Generationen führte. In der kleinen Nische, in der sie dieses Mal saßen, waren besonders viele Fotos und Dokumente, vielleicht Urkunden zu sehen. Es war ziemlich dunkel im Gastraum und die Tische waren hauptsächlich durch Kerzen erhellt, um ein romantisches und gemütliches Licht zu erzeugen. Jane konnte nicht genau erkennen, was auf den Fotos abgebildet war, aber sie nahm sich vor, Jeff im Anschluss an das Essen danach zu fragen. Sie wollte die Geschichten hören, sie liebte es, alle möglichen Geschichten in sich aufzunehmen und sich ihre eigenen Gedanken dazu zu machen.

36

Allmählich wurde es spät und Richard bat Jane zwinkernd, den Abend im Hotel bei einem Glas Wein ausklingen zu lassen. Jane lächelte charmant zurück, sah das Verlangen in seinen Augen, konnte und wollte ihm nicht widerstehen.

Sie waren nun fast die letzten Gäste und gaben Jeff ein Zeichen, bezahlen zu wollen. Als Jeff an den Tisch kam, fragte Jane ihn nach den Fotos an den Wänden. Sehr zur Verwunderung von Jane und Richard meinte Jeff, schnell hinter den Gästen absperren zu wollen und dann für sie da zu sein. Sie könnten sich so lange gerne umschauen. Und obwohl es Richard sehr unangenehm war und er eigentlich viel lieber gleich mit Jane gegangen wäre, hatte er längst bemerkt, wie sehr sich Jane für die Geschichten interessierte, die es über dieses Haus offensichtlich zu erzählen gab. Jane war bereits aufgestanden, um sich die Bilder aus der Nähe anzuschauen.

„ Richard! Oh mein Gott!"
Sofort war er bei ihr.
„ Was ist los? Um Himmels Willen, ist alles okay?"
Völlig schockiert schaute Jane geradewegs auf eine Fotografie. Richard folgte ihrem Blick. Fassungslos entdeckte er den Grund für Janes Aufschrei.
Auf dem Foto war das Haus am See abgebildet!
Das Haus seines Großvaters, in dem Jane lebte. Das konnte doch nicht sein! Als sie wie in Trance die anderen Bilder anschauten, entdeckten sie das Bild einer Frau, die aussah wie Rebecca. Ähnlich dem Bild, welches die beiden von Johan bekommen hatten. Auf einem anderen war sie mit einer anderen Frau in einer innigen Umarmung abgebildet. Diese Frau musste damals ungefähr so alt gewesen sein wie Rebecca, ihr Gesicht war nicht besonders gut zu erkennen. Verwirrt schauten sich die beiden an.
„ Richard, wir sind doch am richtigen Ort, Rebecca war hier, sie muss hier gewesen sein."

„ Und sie ist es noch immer."

Erschrocken drehten sich die beiden um und sahen eine große, schlanke, ältere Frau vor sich. Sie war noch immer sehr hübsch, man konnte ihre Schönheit noch immer deutlich sehen, auch wenn sich die Lebensjahre ebenfalls in ihrem Gesicht widerspiegelten. Sie trug ihre ergrauten, langen Haare in einem lockeren Dutt.

Ihre Augen! Es waren ihre Augen, die Jane sofort erkannte.

„ Rebecca!", rief sie fassungslos.

Richard nahm sie an die Hand. Langsam gingen sie auf Peggy zu.

„ Ja, das bin ich. Aber ich möchte Peggy genannt werden, Peggy Dunken. Rebecca gehört der Vergangenheit an, das ist lange her." Peggy bedeutete den beiden, Platz zu nehmen.

Richard und Jane konnten es nicht glauben, Rebecca vor sich sitzen zu haben. Sie sah sehr traurig aus und wirkte unsicher, obwohl sie versuchte, es zu überspielen.

Sie war Peggy Dunken. Richard und Jane hatten es die ganze Zeit vor Augen gehabt, hatten die Hinweise aber nicht zusammenführen können. Unglaublich!

„Mein Schwiegersohn sagte mir, Sie wollten mir etwas von Mr Stanton übergeben. Ist das richtig?"

Peggys Stimme begann zu zittern. So souverän ihr Auftritt bisher auch gewesen sein mochte, jetzt wurde ihr das Ausmaß ihrer Entscheidung schmerzlich bewusst. Nach fast 50 Jahren würde sie wieder mit Johan Kontakt haben. Sie wusste, wie schwer es werden würde, aber jetzt gab es kein Zurück mehr.

Jane öffnete ihre Tasche und nahm den Briefumschlag heraus. Peggy konnte sehen, dass der Brief schon sehr alt war und dass etwas in dem Umschlag steckte.

Erschrocken fasste sie sich an die Brust! Ihr Herz drohte für einen Moment den Dienst zu versagen!

Es ist doch nicht die Brosche? Ihre Brosche? dachte Peggy. Nein, das konnte sie nicht ertragen, das war zu viel.

Richard sah Peggy an, wie schockiert sie war.

„ Mrs Dunken, dürfen wir uns zunächst vorstellen? Ich bin Richard James, Johan Stantons Enkel, und das ist Jane Wattson. Sie bewohnt im Moment das wunderschöne Haus am See."

Er deutete auf das Foto an der Wand.

„Sie kennen es vermutlich recht gut. Mein Großvater hat uns gebeten, Sie zu suchen und Ihnen diesen Brief zu übergeben. Es ist ihm sehr wichtig, mehr als das, er sagte, wenn Sie den Brief endlich bekämen, könne er vielleicht wieder glücklich werden."

Peggy traute ihren Ohren nicht. Sie starrte die beiden an, war völlig durcheinander.

Johan war also unglücklich? Aber warum er? Er war an allem schuld. Versuchte er so, sein Gewissen rein zu waschen?

Aber ein tiefes Gefühl sagte Peggy, dass dem nicht so war.

Es musste ihn viel Überwindung gekostet haben, ihr zu schreiben. Mehrere Jahrzehnte hatten sie keinen Kontakt gehabt. Nach dem schrecklichen Ereignis damals hatten sich ihre Wege getrennt. Und Peggy hatte gedacht, für immer. Sie hatte gehofft, so alles vergessen zu können. Sie hatte damals nichts gegen oder für ihn unternehmen können, nicht verhindern oder wieder gutmachen, was passiert war.

Sie war allein gewesen, völlig allein, ohne jegliche Unterstützung. Sie war hierher auf diese Insel gegangen, um alles hinter sich zu lassen!

Und jetzt kam ein Brief von Johan! Er hatte sie suchen lassen, von seinem Enkel und einer Frau, die in seinem Haus wohnte.

Warum nur? Warum jetzt?

Peggy war noch immer still und nachdenklich, als Jane sie vorsichtig ansprach:

„ Mrs Dunken? Geht es Ihnen gut? Wir wollten Sie nicht beunruhigen."

Ava, Jeff und Lydia standen hinter dem Tresen und beobachtete die drei. Sie waren nervös, wollten Peggy gerne helfen, wussten jedoch nicht, wie. Peggy antwortete Jane nicht, sie drehte sich langsam um und bedeutete Ava, zu ihnen zu kommen.

„ Darf ich Ihnen meine Familie vorstellen? Das sind meine Tochter Ava, ihr Mann Jeff und meine Enkelin Lydia."

Etwas gefasster bat Peggy nun um den Brief. Jane gab ihn ihr und eine angespannte Stille erfasste den Raum. Ava ergriff als Erste wieder das Wort.

„ Mutter, ist alles in Ordnung? Können wir irgendetwas für dich tun?"

Auch Richard und Jane waren sichtlich besorgt und nicht mehr sicher, ob es eine so gute Idee gewesen war, Peggy den Brief zu geben.

„ Meine Lieben, Mrs Wattson, Mr James, ich bin etwas durcheinander, was sicher nicht zu übersehen ist. Mit solch einem Ereignis hätte ich in meinem Leben nicht mehr gerechnet. Sie können sicher nicht verstehen, warum mich ein Brief so aus der Fassung bringt, auch ihr nicht", sagte sie zu Ava gewandt.

„ Aber ich werde euch und Ihnen alles erklären, wenn ich die Zeilen gelesen habe. Ich würde mich jetzt gerne zurückziehen und Sie beide bitten, morgen noch mal hierher zu kommen, wenn es Ihnen nichts ausmacht."

Peggy stand auf und auch Jane und Richard erhoben und verabschiedeten sich. Im ersten Moment standen die beiden und Peggys Familie wortlos da und schauten ihr nach.

„ Es tut uns wirklich sehr Leid, wenn wir Ihnen Unannehmlichkeiten bereitet haben, das war wirklich nicht unsere Absicht. Wir wollten lediglich meinem Großvater einen innigen Wunsch erfüllen", versuchte Richard die Situation zu rechtfertigen. Ava nickte nur und ging mit ihnen zur Tür.
„ Sie wohnen im Hotel am Stadtrand? Wir werden Sie morgen benachrichtigen, wenn meine Mutter Sie noch einmal sprechen möchte. Es tut mir Leid, aber wir sind wohl alle ein bisschen durcheinander im Moment."

37

Es war spät geworden und der Abend war vollkommen anders verlaufen, als es sich Richard gedacht hatte. Er ging schweigend neben Jane her und dachte über das gerade Erlebte nach.
Plötzlich blieb er stehen.

„ Kannst du dir das alles erklären?" Jane schüttelte den Kopf.

„ Wir können nur spekulieren, Richard. Wir sollten Peggy zuliebe abwarten, was sie uns erzählen möchte, alles andere wäre nicht richtig."

Richard gab ihr Recht. Sie erreichten nach einer Weile ihr Hotel. Von ihrem eigentlichen Vorhaben, den Abend und die Nacht bei einem guten Wein miteinander zu verbringen, hatten sie Abstand genommen. Zu sehr beschäftigten sich ihre Gedanken mit Peggy, ihrer unerwarteten Reaktion und ihrer geheimnisvollen Ankündigung. Jane schlief in Richards Armen ein. Er dachte noch lange nach und wurde sich nach und nach dessen bewusst, seine Familie durch Peggy näher kennen zu lernen und mehr über seinen Großvater zu erfahren.

Aber wollte er das auch? Er hatte ein mulmiges Gefühl dabei, was, wenn Peggy das grandiose Bild, welches er von seinem Großvater hatte, mit ihrer Offenbarung zerstörte? Sie hatten nur einander, sie waren die Einzigen, die in dieser Familie überlebt hatten. So viel Leid hatte seine Familie schon erfahren. Richard konnte nicht noch mehr ertragen.

In dieser Nacht erschien Jane seit langem wieder die junge Frau.

Sie lächelte Jane zu und hinterließ ein Gefühl inneren Friedens.

Richard schlief noch, als Jane erwachte.

Sie bewunderte ihn immer wieder aufs Neue. Seine wunderschönen Augen, das dichte helle Haar, seinen wunderbaren Körper und vor allem sein gutes Herz.

Manchmal konnte Jane es spüren. Er war ein zutiefst ehrlicher und emotionaler Mann und sie wollte ihn nie wieder verlieren. Ihre Angst ließ sie noch immer nicht los, wieder verlassen zu werden, das Glück nur kurz genießen zu dürfen. Aber dennoch hatte sie das Bild der jungen Frau aus ihrem Traum noch immer vor Augen, die ihr eine ungewöhnliche Sicherheit gab. Die Sicherheit, dass alles in Ordnung war.

Richard öffnete langsam die Augen. Sein Blick fiel sofort auf Jane und er lächelte glücklich, als er bemerkte, dass sie ihn beobachtete. Er war so unbeschreiblich dankbar, sie kennen gelernt zu haben. Er griff nach ihrer Hand, zog sie nah an sich heran, um sie zu spüren. Mit ihr konnte nichts Schlimmes passieren, dachte er. Sie fühlte, dass er sie brauchte, jemanden, bei dem auch er sich geborgen fühlen konnte. Sie schaute in seine dunklen Augen, legte ihre Hand an seine Wange... es wird alles gut werden, bestimmt.

Sie versanken in einem innigen Kuss, verschmolzen regelrecht miteinander und liebten sich so leidenschaftlich, als gäbe es kein Morgen.

38

Jeff kam ihnen entgegen, als Jane und Richard gerade das Hotel verließen, um sich ein wenig die Beine zu vertreten.

„ Jeff, guten Tag, wie geht es Mrs Dunken?", fragte Jane sofort.

Jeff versicherte den beiden, dass es Peggy soweit gut ginge. Sie wäre nur ein wenig müde, aber sie würde die beiden gerne heute Abend gegen fünf Uhr im Lokal treffen. Jeff fragte, ob das in Ordnung ginge. Jane und Richard versprachen, rechtzeitig da zu sein. Sie gingen in den Park in der Nähe des Hotels. Es war sehr kalt an diesem Tag, lange konnten sie wohl nicht draußen bleiben. Dennoch setzten sie sich, aneinander gekuschelt, auf eine Bank.

„ Sollten wir Johan jetzt nicht doch anrufen?", fragte Jane. Tief ausatmend stimmte Richard ihr zu. Doch er wusste nicht so recht, wie er seinem Großvater erklären sollte, dass Rebecca seltsam geschockt auf seinen Brief reagiert hatte und eine eigenartige Ankündigung gemacht hatte, ihnen alles zu erzählen. Ob Johan damit einverstanden wäre, wusste er nicht. Er würde es darauf ankommen lassen müssen. Richard nahm sein Handy heraus und wählte die Nummer seines Großvaters. Rosa meldete sich.

„Richard, endlich rufst du an, deinem Großvater geht es nicht so gut, sein Bein macht ihm schwer zu schaffen und er hat sich wahrscheinlich eine heftige Grippe eingefangen. Er wollte nicht, dass ich dich anrufe, weil er dachte, du kommst dann sofort nach Hause und brichst die Suche nach Rebecca ab."

Erschrocken blickte Richard zu Jane. Was ist passiert, fragte ihr stummer Blick.

„ Rosa, wir haben sie gefunden und sie hat den Brief."

Ein kurzer Jubelschrei drang durch das Telefon.

„ Wirklich? Ist das wahr?", fragte Rosa aufgeregt.

„ Ja, Rosa, aber jetzt sag mir bitte, wie geht es Großvater? Wird er wieder gesund?"

Rosa versicherte, dass er jetzt sicher schneller gesund werden würde, wenn er erführe, dass Rebecca den Brief erhalten hatte. Sie verschwieg Richard, dass es nicht wirklich gut um Johan stand. Der Arzt hatte ihm starke Medikamente verschrieben. Er hatte eine schwere Lungenentzündung und hätte im Krankenhaus behandelt werden sollen. Doch er hatte sich strikt geweigert.

„ Bitte richte ihm aus, dass wir so schnell wie möglich wieder zurück sind, ja?"

Er verabschiedete sich von Rosa und sank auf die Bank neben Jane.

„ Er ist krank, Jane, wir sollten zurückfahren. Ich mache mir Sorgen. Ich kenne Rosa, sie verschweigt mir sicher etwas." Jane lehnte sich an ihn.

„Wenn du sofort fahren willst, sollten wir das tun, Richard."

Aber er schüttelte den Kopf. „ Nein, ich glaube, wir sollten heute Abend zu Peggy gehen, morgen reisen wir dann ab. Wenn wir durchfahren, sind wir in spätestens 48 Stunden zu Hause."

Sie blieben noch eine Weile stumm auf der Bank sitzen. So viel war in den letzten Tagen und Wochen passiert. Janes und Richards Leben hatte sich total verändert, nicht zuletzt darum, weil sie sich kennen und lieben gelernt hatten. Aber es gab auch so viel Ungewissheit, besonders in Richards Leben, dass es unmöglich war, alles in so kurzer Zeit zu verarbeiten. Richard war aufgewühlt und Jane wollte ihm zur Seite stehen, ihm und seinem Großvater. Zu Beginn hatte Jane geglaubt, dass es sich bei Johan und Rebecca um eine Art traurige Liebesgeschichte handelte. So, als hätte sie ihn möglicherweise verlassen und er wäre nie ganz darüber hinweggekommen. Aber Peggys Reaktion auf den Brief am vergangenen Abend ließ Jane vermuten, dass weit mehr hinter dem Ganzen steckte, und sie ahnte, dass es auch etwas mit dem Haus am See zu tun haben musste. Als sie das Bild vom Haus im Lokal gesehen hatte, war ihr klar gewesen, dass es eine Verbindung dazu geben musste, die vielleicht auch mit ihren merkwürdigen Träumen zu tun hatte.

39

Sie waren pünktlich am „Dunken´s Inn" angekommen und Lydia erwartete sie bereits an der Tür. Hinter ihnen hängte sie das Schild "Closed" heraus. Sie waren also ungestört. Im Gastraum saß Ava bereits mit Peggy am Tisch in der kleinen Nische. Peggy schaute sich die Bilder an und strich gedankenverloren mit der Hand über das eine oder andere. Als sie Jane und Richard bemerkte, stand sie auf und begrüßte die beiden. Jane bemerkte, dass sie gelöster wirkte als noch am Abend zuvor. Sie lächelte ein wenig, obwohl auch nicht zu übersehen war, dass sie viel geweint hatte. Jeff und Lydia brachten Tee und Kaffee an den Tisch und setzten sich dann zu ihnen. Peggy schaute in die erwartungsvollen Gesichter. Sie seufzte tief und begann, ihre Geschichte zu erzählen…

1963, Cumbria, England

Ein wunderschöner Tag begann auf dem Land und lockte Rebecca schon am frühen Morgen hinaus vor die kleine Hütte, die ihnen von ihren Großeltern geblieben war. Sie waren vor einiger Zeit verstorben und mit nicht ganz 20 Jahren war Rebecca mit ihrer Schwester allein. Als die Schwestern noch klein gewesen waren, waren die Eltern tödlich verunglückt. Diese Schicksalsschläge hatten die beiden noch enger zusammengeschweißt.

Ihre Großeltern hatten ihnen neben dem Haus einen kleinen Acker, eine Ziege, ein paar Enten und ein paar Hühner hinterlassen. Die Ersparnisse reichten, um die laufenden Kosten zu decken.

Die Mädchen hatten eine Ausbildung im Hotel der Stadt gemacht, in dem sie beide auch arbeiteten, aber sie hatten einen großen Traum. Sie wollten nicht ewig in der Provinz bleiben, sie wollten irgendwo zusammen ein Lokal eröffnen. Rebecca konnte hervorragend kochen und Teresa würde den Rest übernehmen. Sie schmiedeten schon lange diesen Plan und hatten auch alles in einer

Art Vertrag aufgeschrieben. Sie waren sich auch einig, nach Schottland zu gehen, auf eine der kleinen Inseln. Rebecca musste lächeln, als sie darüber nachdachte.

Um Teresa ein wenig zu ärgern, weil sie noch schlief, nahm sie ein wenig kaltes Wasser aus dem Brunnen, um sie damit wach zu spritzen. Vorsichtig schlich sie sich in ihr gemeinsames Schlafzimmer. Langsam tröpfelte das Wasser auf Teresa herunter und Rebecca musste sich das Lachen verkneifen. Mit einem Satz fuhr Teresa hoch und sah ihre Zwillingsschwester wütend an. Aber auch sie musste dann laut losprusten und kämpfte sich langsam aus dem Bett.

Die traute Zweisamkeit der Schwestern war seit einiger Zeit ein wenig getrübt, so sah es zumindest Rebecca. Teresa hatte begonnen, sich mit einem reichen jungen Mann aus der Stadt zu treffen, den sie im Hotel kennen gelernt hatte. Das allein machte ihr nicht wirklich zu schaffen, aber sie hatte es miterlebt, als sich die beiden das erste Mal sahen. Es war wie Magie. Liebe auf den ersten Blick könnte man es auch nennen. Teresa und dieser Mann waren vom ersten Augenblick an voneinander fasziniert, konnten die Blicke nicht voneinander lassen. Rebecca freute sich so für Teresa, als wäre es ihr eigenes Glück. Doch sie wusste auch, dass dadurch der gemeinsame Traum, mit ihrer Schwester ein Gasthaus in Schottland zu führen, in weite

Ferne gerückt war. Rebecca wollte und konnte diesen Traum jedoch nicht aufgeben.

Nachdem Teresa aufgestanden war, frühstückten die beiden gemeinsam, um sich dann um die Tiere zu kümmern. Rebecca sah ihre Schwester an, die sie aus tiefstem Herzen liebte. Sie sah in ihr eigenes Gesicht und doch hatte Teresa diesen unbekümmerten, sorglosen Blick. Teresa war von ihrem Wesen her schon ein wenig anders als Rebecca. Sie war ständig voller neuer Ideen, voller Energie, spontan und dachte nie über Dinge nach, sie tat es einfach. Rebecca hingegen war wohl eher die Vernünftigere der beiden.

Heute musste Rebecca zur Arbeit. Teresa hatte frei und musste erst morgen wieder ins Hotel. Die Schwestern küssten sich zum Abschied und Teresa machte sich sofort daran, die Hausarbeit zu erledigen. Später wollte sie sich noch mit diesem wunderbaren, liebevollen, herzensguten Mann treffen, der sie so glücklich machte. Sie lächelte bei dem Gedanken an ihn. Sie dankte Gott jeden Tag dafür, ihn getroffen zu haben, und sie war sich sicher, mit ihm die große Liebe gefunden zu haben. Es war jetzt fast sechs Monate her, dass sie sich im Hotel getroffen hatten, und mit jedem Tag wuchs ihre Liebe zu ihm und seine zu ihr. Teresa wollte dieses Glück am liebsten für immer festhalten.

Er kam am Nachmittag, sie abzuholen.

„ Ich möchte dir etwas zeigen und ich hoffe, du findest es genauso wundervoll wie ich."

Teresa war so fasziniert und weinte vor Glück, als sie es sah.

Als Rebecca am Abend von der Arbeit nach Hause kam, fiel ihr Teresa um den Hals.

„ Peggy, du wirst es nicht glauben, er hat mir heute ein traumhaftes kleines Haus am See gezeigt, es gehört seiner Familie. Er möchte gerne mit mir dort wohnen. Ist das nicht wundervoll? Ich kann es gar nicht glauben! Ich bin so glücklich! Peggy, vielleicht werden wir heiraten!"

Oh Gott, dachte Rebecca, nein, das konnte doch nicht wahr sein! So schnell? Es war doch noch viel zu früh, sie würden im Herbst erst 20 Jahre alt werden. Sollte sich Teresa nicht noch ein wenig Zeit lassen? Rebecca wusste nicht, was sie sagen sollte. Sie freute sich für ihre Schwester, sehr sogar und sie mochte ihn, sie konnte verstehen, warum Teresa ihn so liebte. Er war wirklich ein sehr netter Mann und er trug Teresa auf Händen. Dennoch machte sich Rebecca Sorgen, sie wollte nicht, dass die beiden etwas überstürzten. Rebecca zeigte ihrer Schwester nicht, dass ihr alles etwas zu schnell ging und sie Angst hatte. Stattdessen umarmte sie sie, freute sich mit ihr und wünschte ihr von Herzen, sie möge immer so glücklich sein. Von Rebeccas Wehmut, wenn sie an den

180

scheinbar zerplatzten Traum eines gemeinsamen Gasthauses in Schottland dachte, bekam Teresa nichts mit.

Sie schwelgte in ihrem Glück von ihrer gemeinsamen Zukunft mit Johan Stanton, dem Sohn des Immobilienmoguls Arthur Stanton!

Am nächsten Tag fuhren Rebecca und Teresa mit dem Rad zum Haus am See. Es war gar nicht weit weg von ihrem eigenen kleinen Haus, etwa eine Stunde. Beide kannten das Grundstück dennoch nicht und Rebecca verstand Teresas Begeisterung sofort, als sie dort ankamen. Es war einfach idyllisch, ein traumhafter Flecken Erde und diese himmlische Ruhe! Es war wie geschaffen für ein junges Paar und Rebecca teilte die Freude ihrer Schwester wirklich von Herzen.

„ Du darfst sicher auch mit einziehen, ich möchte das gerne, ich kann nicht ohne dich hier wohnen, du bist meine Familie, Peggy. Ich werde Johan fragen, ja? "

Teresa war so euphorisch, dass sie nicht bemerkte, wie unangenehm berührt Rebecca war.

Sie wollte das nicht, nicht mit den beiden hier leben. Was würde dann aus ihrem Haus? Doch es brach ihr auch das Herz, wenn sie daran dachte, ihre geliebte Schwester nicht mehr in ihrer Nähe zu haben. Sie konnte Teresa verstehen, sie hatten nur noch einander. Die Zeit *würde es entscheiden, dachte Rebecca. Auf dem Heimweg sprachen beide nicht viel miteinander. Zu Hause angekommen, fragte Teresa, was mit Rebecca los sei, sie wäre so nachdenklich.   „ Teresa, ich möchte ehrlich zu dir sein. Ich freue mich wirklich sehr für dich und Johan, aber ich habe auch große Angst um dich. Wir sind noch so jung, es ist vielleicht alles etwas zu früh und es fällt mir auch sehr schwer, dich an Johan zu verlieren. Ich habe doch nur dich. "*

Von ihrem gemeinsamen Traum sagte sie kein Wort, sie wollte Teresa kein schlechtes Gewissen einreden und damit ihr Glück trüben. Es war ein Kindheitstraum, nichts weiter. Teresa nahm Rebecca in die Arme, drückte sie fest an sich:

„ Ich weiß, Peggy, ich weiß. Aber du musst mir glauben, ich liebe ihn aus tiefstem Herzen, ich bin mir sicher, dass er der Richtige für mich ist. Der Mann meiner Träume. Ich habe ihn gefunden. Und du wirst mich nie verlieren, wir gehören für immer zusammen. "

Rebecca rannen die Tränen über die Wangen, sie wusste, dass Teresa und Johan zusammengehörten, sie spürte wie Teresa die Liebe zwischen den beiden. Könnte man sie sichtbar machen, wären sie umgeben von wunderbaren, leuchtenden Farben.

So vergingen die Wochen im Sommer 63´ fast wie im Fluge. Johan war fast jeden Tag bei den beiden oder nahm Teresa mit zum Haus am See, welches für den gemeinsamen Einzug vorbereitet wurde. Rebecca hatte sich mit dem Gedanken, bald alleine im Haus der Großeltern zu wohnen, abgefunden und unterstützte die beiden, wo sie konnte. Ganz im Gegenteil zu Arthur Stanton. Er hieß die Verbindung seines einzigen Sohnes mit einem einfachen Mädchen vom Lande nicht für gut. Seinem Sohn gegenüber behauptete er mehr als einmal, dass es Teresa sicher nur auf sein Geld abgesehen hätte. Doch Johan ließ sich nicht beirren, nicht einmal, als ihm Arthur drohte, ihn zu enterben. Johan lachte nur darüber und antwortete, dass es ihm nichts ausmachen würde, denn seiner Liebe zu Teresa würde es nichts anhaben können. Das Haus am See gehörte Johan bereits, er hatte es von seinem Großvater geerbt. Arthur konnte also dagegen nichts unternehmen.

Rebecca wusste, dass der Tag immer näher rückte, an dem Teresa ausziehen würde.

Sie war in der Stadt unterwegs und kam an einem hübschen Laden vorbei, der sich „ Little treasure" nannte. Sie betrat den Laden und schaute sich um. Ihr Blick fiel sofort auf eine wunderschöne Brosche. Sie war vergoldet, nicht viel größer als ein 2-Pfund- Stück und bildete zwei ineinander verschlungene Herzen in einer

Ranke aus exotischen Blüten. Rebecca nahm die Brosche in die Hand, sie musste nicht lange darüber nachdenken, ob sie sie kaufen sollte.

Der Tag des Umzuges war gekommen und die drei fuhren mit Teresas Sachen zum Haus. Nachdem sie alles ausgepackt hatten, gingen die Schwestern zum See hinunter, setzten sich auf die Bank und schauten eine Weile in die unendlich scheinende Weite des Sees. Johan gesellte sich zu ihnen. Als er sich zu Teresa hinunter beugte, um sie zu küssen, nahm Rebecca die Brosche aus der Tasche.

„ Teresa, ich möchte dir diese Brosche zum Geschenk machen. Sie soll ein Symbol unserer Verbundenheit sein und dich immer daran erinnern, dass wir zusammengehören. Und sie soll ein Symbol der Liebe sein. Ich wünsche euch beiden, dass ihr eure Liebe für immer bewahrt und auf sie achtet.“

Rebecca weinte, als sie sich an Johan wandte:

„ Ich bitte dich, mach sie glücklich und beschütze sie!“

Johan sah Rebecca an, deren Gesicht dem seiner geliebten Teresa so sehr glich und doch etwas anders war. Er spürte, wie schwer es Rebecca fiel, von ihrer Schwester getrennt zu sein.

„ Ich verspreche es dir, Rebecca, ich verspreche, sie zu lieben und immer auf sie Acht zu geben!“

Teresa fiel Rebecca weinend in die Arme. Sie bedankte sich bei ihr für das wunderbare Geschenk und versprach, die Brosche jeden Tag zu tragen. Am Abend verabschiedeten sich die Schwestern voneinander. Johan brachte Rebecca nach Hause. Sie redeten nicht während der Fahrt, und als sie beim Haus ankamen und Rebecca aussteigen wollte, hielt Johan sie zurück:

„ Ich werde gut auf sie aufpassen, mach dir keine Sorgen, Rebecca, ich liebe sie!" Rebecca nickte und lächelte ihn an.

„ Ich weiß, Johan."

Dieser Abend war der Erste von unendlich vielen, an denen Rebecca alleine sein würde.

Teresa und Johan waren glücklich. Sie besuchten Rebecca mindestens einmal in der Woche oder Peggy fuhr mit dem Rad nach der Arbeit zu ihrer Schwester. Eines Nachmittags, Johan war gerade geschäftlich unterwegs, nahm Teresa Rebecca an die Hand und ging mit ihr hinunter zum See. Teresa drehte sich zu ihr um und sah sie ernst an:

„ Peggy, ich möchte dir etwas erzählen."

Rebecca erschrak.

„ Was ist los? Stimmt irgendetwas nicht?"

Teresa konnte sich nicht mehr zurückhalten, fing an zu lachen und sagte:

„ Peggy, es ist alles in bester Ordnung... wir bekommen ein Kind!" Rebecca stand wie versteinert vor ihrer Schwester. Sie hatte mit allem gerechnet, aber nicht damit. Als sie die Neuigkeit endlich realisiert hatte, umarmte sie ihre Schwester und wirbelte sie ausgelassen herum.

„ Aber Johan weiß es noch nicht, ich möchte ihn gerne zu unserem Geburtstag nächste Woche überraschen. Was sagst du?"

Rebecca war noch immer überwältigt. Natürlich war sie damit einverstanden, Johan zu überraschen. Er würde vergehen vor Glück.

Sie verabredeten, sich an ihrem Geburtstag gegen Mittag mit Johan bei Rebecca zu treffen. Sie wollten zusammen kochen und den Tag gemeinsam genießen.

Es war der 02.10.1963. Der 20. Geburtstag von Teresa und Rebecca Mc Cathy.

Wie verabredet trafen sich die drei bei Rebecca. Die Schwestern beglückwünschten sich, wie sie es schon immer getan hatten und zu Johans Belustigung sehr überschwänglich. Sie sangen sich gegenseitig Geburtstagslieder vor und tanzten ausgelassen wie kleine Kinder im Kreis herum, bis sie vor Lachen nicht mehr konnten. Nachdem sie zusammen ein leckeres Essen gekocht und eine Geburtstagstorte gebacken hatten, die Johan eigenhändig verziert und danach mehr Schokolade in seinem Gesicht hatte, als auf der Torte war, setzten sie sich gemütlich in der Garten.

Es war ein wunderschöner Herbsttag, die Sonne schien herrlich, und auch wenn es schon ein wenig kühl war, störte es die drei nicht. Am späten Nachmittag brachen Teresa und Johan auf. Johan kündigte mit einem Schmunzeln an, noch eine Überraschung für Teresa zu haben, und mit einem liebevollen Lächeln schaute sie ihn an und meinte: „ Ich auch für dich!"

Rebecca war so unendlich froh, die beiden so glücklich zu sehen. Sie wünschte sich, dass sie selbst auch eines Tages ihre große Liebe finden würde.

Als sie sich voneinander verabschiedeten, hatte Rebecca plötzlich ein nicht erklärbares, eigenartiges Gefühl. Als würde etwas nicht stimmen. Sie war mit einem Mal unruhig, konnte es aber nicht deuten. Sie schob es darauf, dass sie sich vielleicht, wie so oft, unnötig Gedanken machte und schob es beiseite. Sie winkte den beiden hinterher, als sie wegfuhren.

Hätte sie gewusst, dass es das letzte Mal war, dass sie ihre Schwester sah und in den Armen gehalten hatte, hätte Rebecca alles daran gesetzt, die nachfolgenden Ereignisse zu verhindern.

Sie erwartete Teresa am nächsten Tag, denn sie wollte wissen, wie Johan auf die Neuigkeit reagiert hatte, Vater zu werden. In der letzten Nacht hatte es einen wirklich schlimmen Sturm gegeben, der sich noch am frühen Abend durch nichts angekündigt hatte. Urplötzlich war der Himmel schwarz geworden und riesige Gewitterwolken waren aufgezogen. Der Regen war über sie hereingebrochen, als stünde der Weltuntergang bevor.

Das Unwetter war sicher der Grund, warum Teresa noch nicht da war. Sie hatte sich von Johan mit dem Wagen bringen lassen und später wieder abholen lassen wollen. Rebecca nahm das Telefon in die Hand, in der Hoffnung, dass es diesmal funktionierte. Das tat es nämlich meist nicht. Mit der Leitung, die nachträglich verlegt worden war, stimmte wohl irgendetwas nicht. Rebecca war also nicht verwundert, dass es auch diesmal nicht funktionierte. Aber Johan hatte versprochen, sich darum zu kümmern.

Rebecca schob ihre Sorge von sich, dass etwas nicht in Ordnung war, als Teresa und Johan auch bis zum Abend nicht da gewesen waren. Sie beschloss, morgen nach der Arbeit bei ihnen vorbeizuschauen.

Als sie vor dem Hotel ankam, lief sie Arthur Stanton, der gerade aus der Hotellobby stürmt, fast in die Arme.

„ Mrs Mc Cathy!", rief er abschätzig.

„ Wissen Sie, wo sich mein gnädiger Herr Sohn aufhält, ich kann ihn nicht erreichen. Er hatte heute einen wichtigen Termin, den er nicht eingehalten hat! Daran ist nur Ihre Schwester schuld!"

Man merkte Mrs Stanton an, dass er wütend war und dass es ihm unangenehm war, sie anzusprechen. Umso mehr wunderte sich Rebecca, dass er es doch tat. Es musste ihm wirklich wichtig sein, und da er es strikt vermied, zum Haus am See zu fahren, fragte er wohl lieber bei ihr nach. Mit seinen Vorwürfen, was ihre Schwester anging, konnte sie umgehen.

„ Mr Stanton, es tut mir Leid, ich habe vorgestern das letzte Mal mit Ihrem Sohn gesprochen. Wir waren gestern ebenfalls verabredet, aber er und meine Schwester sind nicht da gewesen. Ich werde nach der Arbeit zu ihnen fahren und Johan ausrichten, dass Sie ihn sprechen wollen."

Mr Stanton nickte nur und ging, ohne sich zu verabschieden, an ihr vorbei.

Rebecca konnte sich kaum auf ihre Arbeit konzentrieren. Ihr ungutes Gefühl hatte sich durch das Gespräch mit Mr Stanton nun hartnäckig in ihr festgesetzt. Es war irgendetwas nicht in Ordnung, das spürte sie und sie musste so schnell wie möglich herausfinden, was es war. Nach zwei Stunden brach sie die Arbeit ab, sie sprach kurz mit der Hotelleitung und fuhr dann, so schnell sie konnte, mit dem Rad los. Es war eine relativ lange Fahrt, vor allem, wenn man es eilig hatte und der Weg sich ins Endlose zog.

Rebecca bemerkte zuerst gar nicht, dass ein Wagen langsam neben ihr herfuhr. Sie erschrak, als sie Mr Stanton erkannte.

„ Steigen Sie schon ein!", rief er ihr zu und ohne zu zögern warf Rebecca ihr Rad an den Straßenrand und stieg in den Wagen. Sie war dankbar dafür, mitgenommen zu werden. So ging es allemal schneller und sie wollte so schnell wie möglich zu ihrer Schwester. Es sah ihr nicht ähnlich, sich nicht zu melden und offensichtlich sah es auch Johan nicht ähnlich, seinen Vater zu versetzen.

Als sie am See ankamen, bot sich den beiden ein schreckliches Bild. Bäume waren umgestürzt. Einer lag auf dem Dach des Hauses, hatte es aber augenscheinlich nicht ganz zerstört. Das Wasser hatte umgebrochene Baumstämme und Äste angeschwemmt, der kleine Garten vor dem Haus war vollkommen verwüstet. Die beiden liefen zum Haus. Die Haustür war offen, aber es war niemand da. Rebecca rief verzweifelt nach Teresa, während Arthur um das Haus lief, um nach Johan Ausschau zu halten.

Rebecca traf Arthur hinter dem Haus an. Sie hatte die beiden im Haus nicht finden können. Mit vor Schrecken geweiteten Augen sahen Arthur und Rebecca gleichzeitig zum See. Sie würden doch nicht in diesem Gewitter auf dem See gewesen sein? Rebecca lief in die eine Richtung, Arthur in die andere um den See herum. Von Angst geplagt, dass etwas Schlimmes passiert sein konnte, rannte Rebecca durch das Geäst, sprang über die umgestürzten Bäume und rief immer wieder die Namen der beiden.

Ein kläglicher Aufschrei Rebeccas ging Arthur an der anderen Seite des Sees durch Mark und Bein. Er drehte um und so schnell er konnte, lief er zu Rebecca.
Das Bild, welches sich ihm bot, würde er sein Leben lang nicht vergessen können.
Johan lag schwer verletzt am Ufer unter einem Baum. Er war blutverschmiert und atmete nur ganz flach. Immer wieder versuchte er, sich zu bewegen, doch er konnte es nicht. Ein kleines Segelboot lag zerschmettert am Ufer. Es musste das Boot gewesen sein, welches Johan für Teresa gebaut hatte. Der Mast war eingestürzt, die Wanne völlig zerstört. Es musste an Land getrieben worden sein.
Rebecca versuchte, Johan zu befreien. Sie redete auf ihn ein, fragte immer wieder nach Teresa. Aber Johan

konnte nicht antworten, nur ein leises Röcheln entrann seiner Kehle. Als Arthur es schließlich schaffte, den Baumstamm von Johan herunter zu schieben, bekam Johan Luft. Er begann zu schreien, schrie nach Teresa, rief immer wieder ihren Namen. Rebecca versuchte, ihn zu beruhigen und fragte angstgeplagt, was geschehen war.

Aber Johan schrie nur immer wieder unverständliche Worte.

„ Teresa...! Sturm... verloren...kann sie nicht finden...", bevor er endgültig das Bewusstsein verlor.

Oh, mein Gott, wo ist sie? Rebecca wurde ihrer Angst nicht mehr Herr und rannte hysterisch am See entlang. Immer wieder rief sie den Namen ihrer geliebten Schwester. Der See war jetzt ganz ruhig. Höhnisch und unschuldig lag er vor ihr. Nichts erinnerte an das schlimme Unwetter vor fast zwei Tagen.

Arthur hatte inzwischen Hilfe geholt und Johan wurde ins Krankenhaus gebracht. Rebecca sank in sich zusammen. Sie konnte sich nicht mehr auf den Beinen halten. Eine trügerische Gewissheit hatte sie übermannt...sie würde Teresa nicht wiedersehen.

Arthur fand sie einige Zeit später weinend und zusammengekauert auf dem kalten Boden am Ufer liegend. Er hob sie auf, versuchte ihr verständlich zu machen, dass einige seiner engsten Mitarbeiter bereits auf dem Weg waren, um nach Teresa zu suchen.

Apathisch verfolgte Rebecca in den folgenden zwei Tagen die Suche nach Teresa. Arthur hatte sie ins Haus gebracht und dort saß sie und starrte durch das Fenster im Erker auf den See hinaus. Arthur hatte Taucher kommen lassen, die den See, soweit es ging, absuchen sollten. Es war eigentlich schon viel zu kalt und sie konnten auch nur bestimmte Bereiche absuchen, da der See erstens sehr groß und zweitens an vielen Stellen viel zu tief war, aber sie taten ihr Bestes. Als aber auch die Taucher nicht fündig wurden, ließ Arthur die Suche abbrechen.

Es hatte ohnehin schon zu viel Aufsehen erregt, das die Männer hier waren. Er wollte mit aller Macht verhindern, dass die Angelegenheit an die Öffentlichkeit kam. Die Beziehung seines Sohnes zu dieser Frau hatte er nie gewünscht und unterstützt und jetzt war auch noch dieses Unglück geschehen. Das könnte seinem Ruf mehr als schaden.

Arthur ging zu Rebecca ins Haus. Sie schaute noch immer aus dem Fenster, hatte seit zwei Tagen nicht geschlafen und nicht gegessen. Als Arthur ihr erklärte, dass Teresa nicht gefunden worden sei und er nicht möchte, dass dieser Vorfall zu sehr in der Stadt bekannt wurde, stand Rebecca einfach auf, ging aus dem Haus

193

und lief die Straße hinunter. Ihr Kopf war vollkommen leer, sie hatte keine Gedanken und keine Tränen mehr. Ihr Körper hatte begonnen, nur noch zu existieren, von leben konnte keine Rede mehr sein.

Unterwegs fand sie ihr Fahrrad. Wie in Trance nahm sie es auf und schob es neben sich her. Irgendwann kam sie zu Hause an, schloss die Tür auf, ging hinauf ins Schlafzimmer, legte sich aufs Bett und schlief einfach ein.

Johan war im Krankenhaus aufgewacht. Sofort wollte er aufstehen, um sich nach Teresa umzusehen, wurde aber durch seinen zermürbten, schmerzenden Körper zurück ins Bett gezwungen.

Aber er war auf dem Weg der Besserung. Die Prellungen und Brüche würden verheilen, nur sein linkes Bein war so schwer verletzt, dass er zeit seines Lebens nicht mehr richtig würde laufen können. Sein Vater war bereits ein paar Mal bei ihm im Krankenhaus gewesen, hatte aber nicht mit Johan reden können. Noch immer war er nicht bereit, darüber zu sprechen, er konnte es einfach nicht. Johans Herz war gebrochen, er wusste, Teresa war fort.

Als Rebecca erwachte, wusste sie zunächst nicht, wo sie war. Ihr Körper verlangte nach Wasser und Nahrung. Was war nur geschehen? War alles nur ein Traum?

194

Langsam setzte sie sich auf, schaute sich im Zimmer um und erkannte, dass sie zu Hause war. Mühsam stand sie auf, ging hinunter in die Küche, nahm sich ein Glas und drehte den Wasserhahn weit auf. Sie trank, so viel sie konnte, und hatte Mühe, ihren ausgelaugten Körper aufrecht zu halten. Als sie sich hinsetzte, kamen die Bilder der letzten Tage zurück.

Sie war am See, sah Johan verletzt am Ufer liegen, sah sich schreiend am See entlang rennen, sah sich am Fenster des kleinen Steinhäuschens sitzen und auf den See hinausstarren.

Teresa war nicht mehr da, sie hatte sie für immer verloren. Sie hatte es gewusst, auch schon, als Arthur Stanton ihr zu erklären versuchte, dass sie Teresa auch im See nicht hatten finden können.

Was hatte er noch mal zu ihr gesagt? Er wolle diese Angelegenheit nicht in die Öffentlichkeit tragen? Was sollte das bedeuten? Wollte er nicht, dass Rebecca alle Hebel in Bewegung setzte, dass Teresa gefunden wurde? Würde dieses Unglück tatsächlich dem Ansehen der Familie Stanton schaden können?

Rebecca musste nur wissen, was passiert war. Und das wusste nur Johan. Mehr wollte sie gar nicht. Arthur Stanton war ihr vollkommen gleichgültig, sie wollte nur erfahren, was ihrer Schwester möglicherweise zugestoßen war, auch wenn es ihr das Herz brechen würde.

Johan war im Krankenhaus, soweit sie sich erinnern konnte, sie musste unbedingt zu ihm.

Rebecca fand Johan in seinem Bett sitzen. Er hatte den Kopf verbunden, sein linkes Bein war geschient und auch an Brustkorb und beiden Armen waren Verbände. Er war schwer verletzt und sah furchtbar aus. Doch seine eigentliche Verletzung, die, die ihn gebrochen hatte, konnte Rebecca erst sehen, als er sich zu ihr umdrehte. Ein leerer Blick starrte sie aus dunklen Augen an. Würde sie es nicht besser wissen, würde sie niemals glauben, dass es Johan war, der vor ihr saß.

Plötzlich veränderte sich sein Blick, Tränen standen in seinen Augen, er begann zu lächeln.

„ Teresa, mein Engel, wo warst du nur? “

Rebecca erschrak. Sie ging langsam auf ihn zu und setzte sich vorsichtig an sein Bett. Johan berührte Rebeccas Hand und streichelte ihr dann vorsichtig über die Wange.

„ Du bist es nicht, du bist nicht Teresa“, sagte er traurig.

Rebecca spürte, wie seine letzte Hoffnung schwand, als er den Blick von ihr abwendete.

„ Johan, ich bin es, Rebecca. Bitte erzähle mir, was passiert ist, bitte!"

Johan schaute an ihr vorbei, so als könne er ihren Anblick nicht ertragen.

Rebecca flehte ihn an, mit ihr zu reden, doch er sagte nichts. Sie merkte, wie sein Geist abglitt, als sei er in einer vollkommen anderen Welt. Er ist im Begriff, seinen Verstand zu verlieren, dachte Rebecca. Und mehr und mehr wurde ihr klar, dass sie nie erfahren würde, was wirklich an dem Abend geschehen war.

Sie stand nach langer Zeit auf und nahm zum Abschied Johans Hand.

„ Leb wohl, Johan!" Und als Rebecca zur Tür ging, hörte sie Johan sagen: „Der See hat sie mir genommen und mein Kind!"

Vor der Tür sank Rebecca auf die Knie. Sie weinte, weinte um ihre geliebte Schwester, deren ungeborenes Kind, um sich und um Johan.

40

„ Am Tag darauf bin ich nach Schottland gegangen, so, wie ich es mit Teresa immer geplant hatte", sagte Peggy. „ Ich wollte unseren Traum leben, für mich und vor allem für sie. Ich habe nie wieder von Johan gehört, bis Sie mit diesem Brief von ihm hierher kamen.

Nach 50 Jahren habe ich nun erfahren, was damals am See passiert ist."

Bestürzt saßen Richard, Jane und Peggys Familie am Tisch. Keiner der Anwesenden brachte ein Wort heraus.

Es war also die ganze Zeit um Peggys Schwester gegangen! Es war immer von Geschwistern die Rede gewesen, dachte Jane. Wie hatten sie das übersehen können? Sie waren Zwillinge!

Lydia stand auf und umarmte ihre Großmutter.

„ Wie hast du das alles nur verkraftet, Granny?" Peggy drückte ihre Enkelin fest an sich.

„ Nur durch euch und deinen Großvater habe ich wieder gelernt, ohne diese schmerzlichen Erinnerungen an Teresa zu leben. Sie war immer bei mir, in meinem Herzen. Ich glaube, ohne diese Gewissheit hätte ich es auch nicht geschafft, mit deinem Großvater dieses neue Leben hier aufzubauen."

Ava hatte Mühe, das eben Gehörte zu verstehen. Sie hatte das Gefühl, ihre Mutter gerade erst neu kennen zu lernen. Sie hatte zwar gewusst, dass diese eine Schwester gehabt hatte, aber jedes Mal, wenn sie sie in der Vergangenheit auf sie angesprochen hatte, hatte Peggy nur gesagt, sie habe sie vor langer Zeit verloren. Jetzt endlich verstand Ava, warum sie nie darüber reden konnte, es hätte eine Wunde wieder aufgerissen, die nie verheilt war.

Richard begann zu begreifen, warum sein Großvater so in sich gekehrt, traurig und nachdenklich war, seit er denken konnte. Immer wieder hatte er sich und auch Johan selbst nach dem Grund gefragt. Jetzt wurde Richard klar, dass Johan mit einer solchen Last und diesem schweren Verlust sein Leben lang zu kämpfen gehabt hatte. Später auch seine zweite Frau und den Sohn zu verlieren, das hatte ihn zerbrochen und Richard war sich sicher, dass Johan nur für ihn immer wieder seinen Schmerz unterdrückte…um ihm ein guter Großvater zu sein.

Jane hatte Mühe, Peggy zu verstehen. Sie hatte zwar selbst keine Geschwister, konnte sich aber dennoch nicht vorstellen, dass man einfach so fortgehen konnte, wenn man seine Schwester auf so mysteriöse Weise verloren hatte. Warum hatte Rebecca nicht darauf bestanden, sie zu finden, nie weiter hinterfragt, was passiert war? Gut, außer Johan konnte ihr niemand diese Frage beantworten und es schien zumindest damals so, als würde Johan diese Situation psychisch nicht überstehen. Jane musste einfach nachfragen.

„ Mrs Dunken, darf ich Sie fragen, warum Sie damals nicht darauf bestanden haben, mehr über das Ereignis am See zu erfahren und Teresa zu finden?"

Peggy schaute lange mit leerem Blick zu Jane. Sie hatte schon Sorge, Peggy mit dieser Frage etwas zu nahe getreten zu sein.

„ Bitte entschuldigen Sie, wenn ich zu direkt war..."

Peggy schüttelte den Kopf.

„ Nein, Jane, es ist schon in Ordnung. Diese Frage habe ich mir auch lange Zeit gestellt. Ich kann Ihnen nur sagen, dass ich damals nicht anders reagieren konnte, wäre ich geblieben, wäre ich daran zu Grunde gegangen. Es war eine Art Selbstschutz zu gehen. In meinem Herzen wusste ich, dass Teresa fort war und nie wiederkehren würde. Auch wenn man sie gefunden hätte, ich hätte sie nicht noch einmal ansehen oder sie beerdigen können. Das wäre auch mein Todesurteil gewesen. So, wie ich sie in Erinnerung hatte, wollte ich sie auch behalten. Natürlich wollte ich damals wissen, wie alles passiert war, aber ich hatte auch große Angst davor, es zu erfahren. Und jetzt, da ich es erfahren habe, habe ich Mühe, es zu begreifen."

Jane nickte und hatte Mühe, ihre Tränen zu unterdrücken. Allmählich begann sie zu verstehen, was am See passiert sein musste. Ihre Träume, diese Frau, deren Gesicht sie nie richtig deuten konnte, die Hilferufe und die letzten Begegnungen mit ihr, in denen sie Jane zulächelte, als wäre sie auf dem richtigen Weg, ihr zu helfen.

Es war Teresa! Sie musste es sein.

„ Mum, möchtest du uns erzählen, was an diesem Tag vor fast 50 Jahren passiert ist?", fragte Ava vorsichtig.

„ Ich glaube, das sollte Johan selbst tun.

Richard, würden Sie den Brief vorlesen?"

Richard sah sie verunsichert an.

Er wollte natürlich wissen, was der Grund für all das Leid in seiner und auch in Peggys Familie war, aber er wusste nicht, ob es auch Johan recht sein würde, wenn Richard seine Zeilen lesen würde.

„ Mrs Dunken, ich weiß nicht, ob mein Großvater damit einverstanden wäre. Vielleicht sollte ich ihn vorher fragen. Ich glaube, er sollte das selbst entscheiden. Ich befürchte nur, ich werde ihn nicht sprechen können. Rosa, unsere Haushälterin, sagte mir, er sei sehr krank, und wie ich ihn kenne, lässt er sich nicht behandeln, wie es nötig wäre."

Rosa, dachte Peggy, die gute Seele des Hauses Stanton! Sie war schon damals gemeinsam mit ihrer Mutter auf dem Gut beschäftigt und Johan von jeher eine gute Freundin gewesen. Rosa hatte Johan oft den Rücken frei gehalten, wenn er sich mit Teresa traf, ohne dass es sein Vater wissen sollte. Sie hätte ihn mit ihrem Leben beschützt und tat es wohl auch heute noch. Peggy war froh, dass Johan nie ganz allein war und eine vertraute Person wie Rosa immer bei sich hatte. Jetzt war er krank und Peggy vermutete, dass es wirklich nicht nur eine kleine Grippe war. In ihrem Alter musste man schon vorsichtig sein, nicht jeder Schnupfen war so schnell vorbei wie noch vor 30 Jahren. Sie wandte sich Richard zu.

„ Seien Sie unbesorgt, Johan besteht sogar darauf, dass Sie den Inhalt des Briefes kennen, er hat das im letzten Satz so vermerkt."

Richard schaute Jane an, die ihm nur zunickte. Er nahm den Brief an sich, betrachtete das alte Papier eine Weile nachdenklich und begann dann leise, Johans Zeilen vorzulesen...

41

02.10.1983 Gut Stanton, Cumbria, England

Meine liebe Peggy!

Ich schreibe dir diese Zeilen, weil du endlich wissen sollst, was heute vor 20 Jahren am Haus am See geschehen ist. Du bist damals fort gegangen und ich war nicht in der Lage, dir zu erklären, warum deine geliebte Schwester nicht mehr bei uns war. Es tut mir so unendlich Leid, dass mein Geist mich damals verlassen hatte, um mich davor zu bewahren, verrückt vor Trauer und Schuld in den Tod zu stürzen, den ich verdient hatte. Heute ist euer Geburtstag und jetzt habe ich den Mut gefunden, diesen Tag wieder in mein Herz zu lassen als den freudigen Tag, der es einmal gewesen ist. Peggy, ich weiß nicht, wie ich dir jemals erklären kann, warum ich nicht mit dir reden konnte, warum ich nicht früher nach dir gesucht habe, ich weiß ja nicht mal jetzt, ob dich der Brief jemals erreicht. Ich weiß nur, dass ich unsere gemeinsame Geschichte beenden muss, indem ich sie aufschreibe. Vielleicht ist es meine und auch deine Chance abzuschließen, ohne Irrglaube und Schuld. Ich hoffe, diese Möglichkeit wird uns gegeben.

Als wir damals euren 20. Geburtstag in deinem kleinen Haus feierten, hatten wir so viel Spaß, es war ein unglaublich schöner Tag und Teresa war so glücklich mit dir zusammen. Falls du dich erinnerst, hatten wir uns am Nachmittag von dir verabschiedet, weil ich Teresa überraschen wollte. Wir kamen in unserem Haus am See an und sie bat mich zuerst, noch einmal mit nach oben zu kommen. Sie übergab mir ein kleines Päckchen und als ich es öffnete, blieb mir vor Glück fast das Herz stehen.

Ich hielt zwei kleine Schuhe in den Händen, sah Teresa an, die Freudentränen in den Augen hatte und mir zunickte. Ja, wir würden Eltern werden! Ich wirbelte sie im Schlafzimmer herum, konnte mein Glück nicht fassen und vergaß darüber fast, dass ich auch noch ein Geschenk für sie hatte.

Wir verbrachten noch eine ganze Weile so überglücklich, bis ich schließlich an das Geschenk für sie dachte.

Ich hielt ihr die Augen zu, ging langsam mit ihr hinaus auf den Balkon und flüsterte ihr ins Ohr, wie sehr ich sie liebe. Ich nahm die Hände von ihren Augen und deutete auf das kleine Segelboot, welches am See vor Anker lag. Ich hatte es während der letzten Monate heimlich gebaut und am Vormittag herbringen lassen. Sie riss die Augen auf, schrie vor Begeisterung und fiel mir um den Hals. Sie hatte immer gesagt, dass ein kleines Boot auf den

See gehöre, auf dem man romantische Stunden verbringen konnte, nachts die Sterne beobachten, während das Boot auf dem Wasser vor sich hin trieb oder tagsüber die Schönheiten der Natur vom See aus bewundern. Ich hatte ihr den Wunsch erfüllt und sie war so glücklich darüber, dass sie sofort auf das Boot wollte, um es auszuprobieren. Wir beide waren aufgeregt, ich hatte es zwar bereits getestet und war zuversichtlich, aber zu Wasser gelassen hatte ich es noch nicht. Teresa legte deine Brosche ab, zog sich um und wenig später waren wir am See. Beide standen wir staunend vor dem Boot, es gefiel ihr so gut und ich zeigte ihr den Bug, in den ich unsere Initialen geschnitzt hatte.

Wir beide bemerkten nicht, dass sich der Himmel zugezogen hatte. Wolken türmten sich auf, als wir das Segel setzten, doch wir sahen es nicht. Wir hatten nur Augen füreinander. Voller Euphorie, dass das Boot so wunderbar auf dem Wasser lag und sich Teresa so unglaublich wohl und glücklich fühlte, nahm ich Kurs auf die andere Seite des Sees. Ungefähr eine Stunde sollten wir benötigen, um auf die andere Seite zu gelangen, wenn der Wind gut war. Wir legten uns einander zugewandt an Deck, redeten über unsere gemeinsame Zukunft mit unserem Kind und schmiedeten noch lange Pläne, bis wir schließlich einschliefen. Ein lauter Knall riss uns aus unserem Schlummer. Ein

Gewitter war aufgezogen und um uns herum war alles schwarz. Wir waren ein ganzes Stück auf den See hinaus getrieben und ich konnte kaum noch erkennen, wo wir waren. Weit weg konnte ich das Licht unseres Hauses sehen und ich wusste, wir mussten so schnell wie möglich zurück. In dem Moment, als ich das Boot herumreißen wollte, setzte plötzlich so starker Regen ein, dass wir binnen weniger Sekunden durchnässt waren. Ich bekam Angst, Teresa und dem Kind könnte etwas zustoßen, und bat sie, sich ruhig hinzulegen, während ich das Segel herumzudrehen versuchte. Teresa blieb erstaunlich ruhig, während ich von Panik gequält war, nicht rechtzeitig das Ufer zu erreichen, bevor der Sturm schlimmer wurde. Ich schaffte es irgendwie, das Segel so zu setzte, dass wir in Richtung Ufer geschoben wurden. Es war mittlerweile so dunkel, der Regen so stark, dass ich nur vermuten konnte, in welche Richtung wir getrieben wurden. Helle Blitze tauchten am Himmel auf, gefolgt von grollendem Donner, sodass ich sicher war, das Gewitter direkt über uns zu haben. Ich sehnte mich regelrecht nach dem Haus, wollte mit meiner Familie in Sicherheit sein, als plötzlich ein Blitz in den Mast schlug. Er brach so schnell, wie der Blitz eingeschlagen hatte, und kam direkt auf mich zu. Ich wurde auf das Deck geschleudert und unter dem Mast begraben. Ich hörte Teresas Schrei, konnte mich jedoch nicht mehr bewegen. Mein linkes Bein war offensichtlich schwer verletzt worden. Der Wind war zu einem heftigen Sturm geworden, der das kleine Segelboot als seinen Spielball benutzte. Immer wieder senkte sich das Boot so stark, dass ich annahm, es würde jeden Moment kentern. Ich versuchte, mich zu Teresa zu schleppen, die immer wieder nach mir rief, und als ich sie spürte, sie an der Hand festhalten wollte, entglitt sie mir. Ich kämpfte gegen die heftigen Bewegungen des Bootes an, kam näher an sie heran, konnte ihren Arm fassen, als das Boot von einer gewaltigen Welle herumgeschleudert wurde. Mein Kopf schlug hart auf und ich musste das Bewusstsein verloren haben. Ich hustete, schluckte immer wieder Unmengen Wasser, als ich wieder zu mir kam und bemerkte, dass mein Bein noch immer unter dem Mast eingeklemmt feststeckte. Das Boot lag auf der Seite im Wasser, wurde hin und her gerissen, wehrte sich vehement gegen die Naturgewalt. Ich rief nach Teresa, suchte blind die Überreste des Bootes ab, soweit ich mich bewegen konnte. Ich konnte sie nicht finden. Ein dumpfes Schreien war zu hören, von Wasser erstickt, als wäre es Meilen weit weg. Ich schrie, rief ihren Namen, wollte in die Richtung, aus der ihr Rufen gekommen war. Doch es war mit einem Mal still, nur der Wind heulte jämmerlich, als wäre er noch längst nicht fertig, sein Unwesen zu treiben. Ich schrie mit aller Kraft nach

Teresa, versuchte, sie aufzuspüren. Immer wieder rief ich nach ihr, doch sie blieb still. Ein unheimliches Krachen durchfuhr meine Schreie, der gebrochene Mast wurde wie ein Zündholz komplett aus der Verankerung gerissen und rutschte mit einer gewaltigen Wucht über mich hinweg in die Tiefen des Sees. Das Boot schlug über mir zusammen und das letzte, woran ich mich erinnern konnte, war Teresas hübsches Gesicht und mein verzweifelter Ruf nach ihr...

Richard hörte auf zu lesen. Er musste aufhören, konnte seinen Schmerz nicht unterdrücken. Ihm war das Herz so zugeschnürt, dass es seinen Tränen freien Lauf ließ. Er schämte sich dafür nicht und als er aufschaute, bemerkte er, dass auch all die anderen am Tisch einander schockiert und zutiefst getroffen ansahen. Peggy blickte starr auf den Brief. Es schien in ihr zu arbeiten, all die Jahre, die Ungewissheit, was tatsächlich mit Teresa passiert war, schienen wie ein Vorhang zu fallen.
Langsam senkte Richard den Blick wieder auf den Brief, er schaute zu Peggy, die ihm mit einem Nicken bedeutete weiterzulesen...

Ich habe sie nicht finden können, Peggy, sie war einfach fort. Heute weiß ich, dass der See sie mir genommen hat, sie und mein Kind. Ich weiß, dass ich alles getan habe, was ich konnte, um ihr zu helfen. Doch ich werde diese Schuld immer auf meinen Schultern tragen. Die Schuld, zu leichtsinnig gewesen zu sein, nicht darauf geachtet zu haben, dass das Wetter umschlug, sie nicht festgehalten zu haben. Ich habe meine Liebe verloren und mit ihr mein Leben. Peggy, und dir habe ich das Liebste genommen, was du hattest, und konnte es dir nicht einmal erklären. Ich hatte dir versprochen, sie immer zu beschützen, und habe es nicht geschafft.

Es tut mir so Leid, dich so verletzt zu haben, es lag nicht in meiner Absicht. Ich habe damals fast ein Jahr gebraucht, bis die physischen Verletzungen verheilt waren, meine Seele hat sich nicht erholt und wird es auch nie. Die Brosche, die du ihr geschenkt hast, hat sie immer getragen, bis auf diesen Abend, als sie sie abnahm, bevor das Schicksal über uns hereinbrach. Ich habe meinen Vater lange Zeit später gebeten, mir all unsere Sachen aus dem Haus zu holen.

Dass es durch den Sturm ebenfalls schwer beschädigt worden war, habe ich erst später erfahren. Arthur hatte es wieder herrichten lassen und er hat mir erzählt, dass er Teresa hatte suchen lassen, aber vergebens. Die Männer, die sie suchten, und ich wurden von meinem

Vater zur Verschwiegenheit verdammt. Niemand sollte erfahren, was genau passiert war. Er meinte, es würde unser Geschäft ruinieren. Ich hörte ihn zu einem der Männer sagen, dass Teresas Verschwinden kein großes Aufsehen erregen würde, da sie keine Familie hatte. Es brach mir erneut das Herz, ihn so reden zu hören. Als er mir unsere Sachen aus dem Haus ins Pflegeheim brachte, in dem ich später war, sah ich ihn das letzte Mal... ich brach den Kontakt zu ihm ab.

Ich habe lange geschwiegen, zu Beginn, weil ich es nicht besser wusste, und dann aus Angst, alles noch einmal erleben zu müssen. Das tut mir so Leid. Die Brosche, meine liebe Peggy, soll wieder dir gehören und dich daran erinnern, welche Bedeutung sie für uns hatte und vor allem für dich.

Peggy, heute habe ich einen wunderbaren kleinen Enkelsohn, der mir viel Freude bereitet und mich meine Trauer oft vergessen lässt. Für ihn werde ich immer stark genug sein, um weiterzuleben. Eines Tages, wenn er die Liebe erfährt, die ich verloren habe, werde ich ihn bitten, dir diese Zeilen zu übergeben. Er soll alles erfahren, denn es ist auch Teil seiner Geschichte.

Ich kann nur jeden Tag dafür beten, dass du mir verzeihst, das würde mir ein kleines Stück meines Lebens zurückgeben.

In tiefer Verbundenheit
Johan

42

Richard stand auf, legte die Zeilen auf den Tisch und verließ den Raum. Er musste einfach raus, musste den Kopf wieder frei bekommen, um alles verarbeiten zu können. Er verstand, er verstand endlich, warum sein Großvater der Mann war, der er war. Richard durchlebte sein Leid, den Verlust seiner geliebten Teresa, den seiner zweiten Frau und seines Sohnes und seiner Schwiegertochter, Richards Eltern. Und nur für ihn hatte er weitergelebt. Richard fühlte sich so in Johans Schuld, dass es fast unerträglich war. Aber es gab auch ein anderes Gefühl, das sich in Richard breit machte. Er spürte die tiefe Liebe zu seinem Großvater und seine zu ihm, er fühlte die tiefe und innige Zuneigung zu Jane, die er vorher nie erfahren hatte, und er spürte, dass ihnen trotz allen Leids eine glückliche Zeit bevorstand.

Jetzt musste er zu seinem Großvater, er musste nach Hause.
Als er wieder hereinkam, redete Jane mit Peggy. Sie zeigte Jane all die Bilder an der Wand und erzählte ihr die Geschichten dazu. Auch der „ Vertrag", den Peggy mit Teresa geschlossen hatte, eines Tages nach Schottland zu gehen, hing in einem Rahmen an der

Wand in der kleinen Nische. Bei näherer Betrachtung wurde klar, dass diese Sitzecke, in der Jane und Richard zuvor gesessen hatten, ein Andenken an Teresa und Peggys früheres Leben in England war.

Ava und Jeff hatten etwas zu essen und zu trinken vorbereitet und kamen zurück an den Tisch.

„ Sie ist nicht fort", sagte Jane unvermittelt.

Alle schauten sie erstaunt an.

„ Bitte? Was meinen Sie, Jane?", fragte Peggy.

„ Teresa, sie ist nicht fort, zumindest glaube ich das."

Peggy holte Luft und wirkte etwas durcheinander, als sie Jane eindringlich ansah.

„ Ich möchte Sie nicht beunruhigen oder falsche Hoffnungen wecken, aber ich habe Teresa, seit ich das Haus am See bewohne, oft gehört. Ich habe sie auch gesehen, in meinen Träumen und jetzt bin ich mir sicher, dass sie es ist."

Jane erzählte von den Begegnungen mit Teresa, von ihren Hilferufen, dem Traum, in dem Jane erlebte, wie es für Teresa gewesen sein musste, als sie ins Wasser geschleudert wurde, und von den veränderten Erscheinungen, seit sie mit Richard zusammen auf der Suche nach Rebecca war. Peggy hörte Jane aufmerksam zu, auch die anderen taten das. Richard war nicht allzu überrascht, er hatte einige merkwürdige Dinge am See selbst erlebt und kannte auch die Erlebnisse von Jane.

Doch plötzlich stand Peggy auf, ohne ein Wort ging sie in Richtung Küche.

„ Mrs Dunken, es tut mir Leid, ich wollte Sie nicht verunsichern, ich dachte nur, Sie sollten das wissen, denn ich denke, Teresa möchte das."

Peggy strich aufgebracht über die Brosche, die sie Teresa damals geschenkt hatte. Sie ging wütend auf Jane zu.

„ Sie wollen mir doch nach so langer Zeit nicht erzählen, dass sie noch leben könnte? Oder dass sie als Geist in dem verdammten See herumspukt? Sie müssen einer alten Frau wie mir nicht noch solche Geschichten auftischen, ich habe bei Gott genug erleiden müssen!"

Jane saß schockiert am Tisch und sah Peggy an. Das hatte sie nicht gewollt, sie wollte Peggy nicht so durcheinander bringen oder gar verletzen.

„ Es tut mir sehr Leid, es war nicht meine Absicht, Sie zu verärgern."

Richard stand ihr zur Seite.

„ Mrs Dunken, es stimmt, was Jane sagt, ich habe selbst einige dieser Dinge miterlebt. Auch wenn es sich etwas merkwürdig anhört, aber Jane und ich haben das Gefühl,

Teresa wollte uns etwas mitteilen, uns dazu bringen, Sie und Johan einander wieder näher zu bringen."

Noch immer wütend schaute Peggy jetzt zu Richard.

„ Ich glaube, Sie beide sollten jetzt gehen", sagte sie kühl und wandte sich ab. Ava und Jeff standen auf und brachten die beiden zur Tür.

„ Entschuldigen Sie bitte, Mrs Dunken", verabschiedete sich Richard.

„ Wir werden morgen wieder abreisen, mein Großvater ist krank, wie Sie wissen, ich möchte so schnell wie möglich zu ihm. Trotz allem danke ich Ihnen und wünsche Ihnen und Ihrer Familie alles Gute."

Jane lief an Richards Arm schweigend durch die Stadt hinauf zum Hotel. Es war nicht nötig, darüber zu reden, was gerade geschehen war. Es war alles gesagt, verarbeiten musste es jeder für sich.

43

Angekommen im Hotel nahm Richard Jane an die Hand und führte sie ins Restaurant.

„ Lass uns den letzten Abend genießen, kurz alles um uns herum vergessen und uns nur auf uns konzentrieren." Er lächelte sie so zärtlich an, dass sie nicht widerstehen konnte. Sie bestellten Wein und ließen sich während der ganzen Zeit nicht aus den Augen. Sie schwiegen, Worte waren nicht nötig, ihre Blicke, die aufeinander ruhten, sagten mehr als Worte.

Als sie später auf ihrem Zimmer waren, redeten sie noch immer nicht miteinander, stattdessen ließen sie ihre Körper sprechen. Langsam zogen sie sich gegenseitig aus. Richard schob Jane dabei sanft gegen die Wand, zog vorsichtig ihre leichte Bluse herunter, während Jane seinen Gürtel öffnete. Richard liebkoste ihren Hals, ihre Schulter und immer wieder ihre vollen Lippen. Jane strich über seinen Rücken, vergrub seufzend die Hände in seinen Haaren, als er ihre Knospen mit seiner Zunge eroberte. Sie ließen kurz voneinander ab, um sich ihrer restlichen Kleidungsstücke zu entledigen. Mit tiefer Leidenschaft und Zärtlichkeit schauten sie sich in die Augen, ihre Körper angespannt, voller Erwartung, den anderen endlich spüren zu dürfen. Richard hob Jane hoch, erfüllte beiden den Wunsch, sie sofort zu nehmen und verfiel mit Jane in einen Rhythmus, der sie beide unwillkürlich dem Höhepunkte entgegenbrachte.

Als sie später gemeinsam auf dem Bett lagen, konnten sie noch immer nicht den Blick voneinander lassen. Beide spürten die enge Verbundenheit miteinander, die tiefe Liebe, die ihnen das Schicksal geschenkt hatte. Doch sie sagten nichts, fühlten es nur und so verfielen sie einander erneut und begriffen, was Glückseligkeit bedeutet.

Als sie einschliefen, war Richards letzter bewusster Gedanke, dass Johan und Teresa diese tiefe Liebe ebenfalls kennen gelernt haben mussten.

Von der Mattigkeit ihres Körpers übermannt, fiel auch Jane in einen wohligen, traumlosen Schlaf. Als sie morgens erwachte, hatte sie Teresas Gesicht vor Augen, sie lächelte zwar, doch in ihren Augen lag auch etwas endlos Trauriges. Jane begann darüber nachzudenken, warum Peggy so reagiert hatte. Sie versuchte sich in sie hineinzuversetzen und musste zugeben, dass ihre Begebenheiten mit Teresa tatsächlich etwas Beunruhigendes hatten, wenn man es nicht selbst erlebt hatte. Auch Jane war vor ihrem Einzug in das Haus am See davon überzeugt gewesen, dass sich alle Dinge rational erklären lassen würden. Doch sie hatte sich eines Besseren belehren lassen müssen. Es gab eben doch einige Dinge, die nicht erklärbar waren. So wie es auch mit ihr und Richard war. Sie wusste, es war Liebe, wie sie von vielen gesucht und nie gefunden wird. Und sie war unendlich dankbar, sie erleben zu dürfen.

Sie hatte sich bereits bei Peggy entschuldigt, mehr konnte sie nicht tun. Sie würden heute nach Hause fahren und Richard konnte sich dann um Johan kümmern. Was die Zukunft bringen würde, was sie und Richard anbelangte, wusste sie natürlich nicht, es würde sich zeigen. Es klopfte an die Tür. Jane zog sich schnell etwas über und öffnete. Ein Angestellter des Hotels übergab ihr ein Schreiben und entschuldigte sich für die Störung. Als Jane gerade dabei war, den Brief zu öffnen, wachte auch Richard auf. Sie sah seine müden Augen, die bei ihrem Anblick sofort leuchteten. Jane war so gerührt, dass sie sich auf ihn stürzte und mit wilden Küssen übersäte. Spielerisch nahm er ihr den Zettel aus der Hand und fragte, ob sie einen Liebesbrief erhalten habe. Sie lasen die Zeilen gemeinsam:

Liebe Jane, lieber Richard,

ich habe mich dazu entschlossen, nach England zu fliegen, um Johan zu sehen, aber ich bitte Sie, ihm nichts davon zu erzählen. Nach dem, was sie mir gestern erzählt haben, möchte ich ein letztes Mal an den See fahren. Ich danke Ihnen vielmals, dass Sie mir den Brief und die Brosche meiner Schwester gebracht haben. Wir sehen uns möglicherweise in England.

Alles Liebe!
Peggy Dunken

„Oh", sagte Jane, „ das hätte ich nicht erwartet." Auch Richard schüttelte ungläubig den Kopf.

44

Richard und Jane fuhren nach dem Frühstück sofort los. Da sie möglichst schnell bei Johan sein wollten, teilten sie sich die Fahrtstrecke und waren so in weniger als 48 Stunden zurück. Es war früher Morgen, als sie ankamen, und Richard schlief fest auf dem Beifahrersitz. Jane hielt den Wagen an und beugte sich zu ihm hinüber. Sie war immer wieder aufs Neue von ihm fasziniert, er sah wunderbar unschuldig aus, wenn er schlief, und gleichzeitig so unglaublich sexy. Sie küsste ihn sanft auf die Stirn und er öffnete langsam die Augen. Er schaute sie mit einer solchen Intensität an, so zärtlich, so verlangend, dass ihr die Stimme versagte. Er legte seine Hand an ihren Nacken, zog sie zu sich herab und küsste sie ausgiebig.

Rosa stand am Fenster und beobachtete lächelnd die Szene. Sie hatte den Wagen kommen hören, als sie aus Johans Zimmer kam. Es würde ihm vielleicht besser gehen, wenn er Richard sehen würde, sie konnte es nur hoffen.

Richard war ausgestiegen und lief bereits die Treppe hoch. Unschlüssig stand Jane noch immer am Wagen. Eigentlich wäre sie jetzt viel lieber nach Hause gefahren und hätte ein paar Stunden geschlafen, aber sie wollte

Richard auch nicht allein lassen. Sie wollte Johan sehen und wissen, wie es ihm ging. Richard winkte ihr zu, ihm zu folgen. Rosa öffnete bereits die Tür und schloss Richard in die Arme. Die beiden redeten kurz miteinander und mit weit aufgerissenen Augen rannte Richard plötzlich ins Haus.

„ Guten Morgen, Mrs Wattson, es ist schön, dass Sie beide wieder da sind."

„ Bitte, nennen Sie mich Jane. Wie geht es Mr Stanton, Rosa?"

Rosa schüttelte nur traurig den Kopf.

„ Er ist so stur. Der Arzt sagte, er müsse ins Krankenhaus, er hat eine schwere Lungenentzündung. Aber zumindest nimmt er jetzt die Medikamente. Seit ich ihm gesagt habe, dass Sie und Richard Mrs Mc Cathy gefunden haben, geht es ihm etwas besser."

Jane und Rosa gingen in die Küche, um einen Kaffee zu trinken. Jane erzählte ihr, was sie auf ihrer Reise erlebt hatten und wie sie Rebecca schließlich gefunden hatten. Die Geschichte, die sich zwischen Richard und ihr entwickelt hatte, ließ Jane natürlich aus. Als Jane vor Müdigkeit gähnte, wollte sie sich verabschieden, um nach Hause zu fahren. Doch Rosa ließ sie nicht fahren.

„ Jane, ruhen Sie sich doch in Richards Cottage aus, Sie müssen doch jetzt nicht mehr bis zum See fahren. Ich gebe ihm Bescheid." Jane war sich nicht sicher.

„ Und Sie meinen, er hat nichts dagegen? Sollte ich ihn nicht lieber vorher fragen?" Rosa zwinkerte Jane wissend zu.

„ Er hat bestimmt nichts dagegen."

Jane stimmte zu, sie war viel zu müde, um noch zu fahren. Sie bekam von Rosa den Schlüssel und lief hinunter zu Richards Cottage. Als sie aufschloss, fiel ihr sofort auf, dass alles sauber war, sogar frische Blumen standen auf dem Tisch. Bestimmt ist auch der Kühlschrank aufgefüllt, dachte Jane, als sie sich auf das Sofa fallen ließ und fast augenblicklich einschlief.

Richard hatte schon lange an Johans Bett gesessen, bis dieser schließlich aufwachte. Er bemerkte Richard sofort und seine müden Augen begannen zu strahlen. Er wollte aufstehen, doch sein geschwächter Körper forderte seinen Tribut. Stattdessen beugte sich Richard zu ihm hinunter und umarmte ihn so fest, dass Johan schon protestieren wollte, er bekäme keine Luft mehr. Überglücklich, seinen Enkel wieder bei sich zu haben, bat er ihn, ihm beim Aufsetzen zu helfen.

„ Richard, wie ist es auf der Reise gewesen? Ihr habt Rebecca gefunden, nicht?" Richard nickte.

„ Das haben wir, ja, aber jetzt musst du mir bitte erklären, warum du nicht auf den Arzt gehört hast und ins Krankenhaus gegangen bist. Großvater, du bist sehr krank, du hättest auf ihn hören sollen!"

Johan schaute schuldbewusst auf die Decke.

„ Wenn du Rebecca gefunden hast, weißt du vielleicht auch, was in dem Brief stand?" Richard bejahte.

„ Dann verstehst du sicher auch, warum ich Krankenhäuser meide. Ich habe damals lange genug in einem gelegen, ich möchte das nicht noch einmal. Junge, ich schaffe das schon, mach dir keine Sorgen."

Irgendetwas veranlasste Richard dazu, Johan zu glauben. Er konnte ihn verstehen und wenn er sagte, er würde wieder gesund, dann war das auch so. Schließlich hatte er ihn noch nie belogen. Die beiden unterhielten sich über Schottland, über Rebecca und ihre Familie und über das   „ Dunken's Inn".

Johan hörte aufmerksam zu. Und nach langer Zeit sah Richard seinen Großvater wieder lächeln.

Johan freute sich sehr darüber, dass Rebecca ihr Glück in Schottland gefunden hatte, und er hoffte inständig, dass sie ihm verzeihen konnte. Er würde sie so gerne sehen, war sie doch die einzige Verbindung zu Teresa. Aber er durfte natürlich nicht zu viel erwarten, vielleicht wagte er es, irgendwann mit ihr Kontakt aufzunehmen. Nachdem Richard Johan wieder allein gelassen hatte,

223

suchte er nach Rosa. Er fand sie in der Küche. Sie unterhielten sich kurz über Johan. Der Arzt würde am Nachmittag noch mal vorbeikommen und ein paar Tests durchführen. Danach sollte entschieden werden, ob er doch noch ins Krankenhaus eingeliefert werden müsste oder sich zu Hause auskurieren konnte.

„ Übrigens, Jane hat sich ins Cottage zurückgezogen, ich sagte ihr, das wäre in Ordnung." Richard freute sich darüber und drückte Rosa an sich.

Als er im Cottage ankam, fand er Jane schlafend auf der Couch. Sie sah so wunderschön aus, dass Richard sie einfach küssen musste. Er war so glücklich darüber, sie zu haben, sie lieben zu dürfen, dass es fast wehtat. Vorsichtig hob er sie hoch und trug sie hinauf ins Schlafzimmer. Sie wachte nicht auf, auch nicht, als er begann, sie auszuziehen. Er legte sich neben sie, betrachtete lange ihr schönes Gesicht, bis auch er einschlief.

45

Es war kalt geworden und es regnete fast ununterbrochen. Als Richard aufwachte, war es kurz nach Mittag und am liebsten würde er den ganzen Tag mit Jane im Bett verbringen. Weil sie noch immer schlief, stand er leise auf und ging ins Badezimmer. Die heiße Dusche war eine Wohltat und half ihm, sich ein wenig zu entspannen. Dennoch machte er sich Sorgen um Johan. Der Arzt würde in einer Stunde da sein, Richard wollte unbedingt mit ihm sprechen. Als er aus dem Badezimmer kam, war Jane nicht mehr im Bett. Sie stand vor dem Fenster und schaute in das triste Regenwetter hinaus. Sie bemerkte Richard und drehte sich zu ihm um. Er hatte nur ein Handtuch um die Hüften gebunden und sah damit so verdammt verführerisch aus. Jane würde noch irgendwann den Verstand verlieren. Auch Richard ging es so. Die enorme Anziehungskraft zwischen den beiden war unbeschreiblich. Sie gingen aufeinander zu, fielen sich in die Arme und küssten sich so innig, als könnten sie nie genug voneinander bekommen. Doch bevor Richard beginnen konnte, Jane zu verführen, hielt sie inne.

„ Richard, ich sollte jetzt erst einmal nach Hause fahren. Du brauchst Zeit mit deinem Großvater und ich sollte mich um meine Arbeit kümmern."

Dass sie sich darüber Gedanken machte, dass ihre Beziehung vielleicht nur während ihres Abenteuers bestanden hatte und möglicherweise jetzt alles vorbei war, sagte sie ihm nicht. Ihre Angst, verlassen zu werden, baute erneut einen Schutzwall um sie herum auf, der es nicht zulassen sollte, wieder verletzt zu werden.

Richard sah sie nachdenklich an. Auch er hatte sich über ihre Beziehung Gedanken gemacht. Sie hatten nie wirklich darüber gesprochen, ob und wie es mit ihnen weitergehen sollte, sie hatten sich einfach von ihren Gefühlen leiten lassen. Doch er wollte nicht, dass sich etwas änderte, obwohl er wusste, dass hier zu Hause, im Alltag, vielleicht alles anders sein würde. Richard nahm ihre Hand, streifte sie mit seinen Lippen und sagte nur: „ In Ordnung. Wahrscheinlich ist das sogar vernünftig."

46

Auf dem Heimweg gingen Jane so viele Sachen durch den Kopf. Richard stand dabei ganz oben auf ihrer Liste. Würde er sich melden, wenn es Johan besser ging? Sie hoffte es.

Sie kam am See an, schloss die Tür des Hauses auf und fühlte sich sofort wohl. Dieses kleine Häuschen war ihr ein richtiges Zuhause geworden und wenn es möglich wäre, würde sie gerne für immer hier bleiben. Nachdem sie ihre Sachen ausgeräumt hatte, ging sie in die Küche, um sich einen Tee zu machen. Sie setzte sich in ihren gemütliche Erker und schaute auf den See. Es war eine unglaublich traurige Geschichte, die der See bisher verborgen gehalten hatte. Jane fühlte noch immer diesen erdrückenden Schmerz, den Johan und Rebecca so lange schon hatten ertragen müssen. Seitdem sie wieder zu Hause war, konnte sie intensiver denn je spüren, wie tief diese Liebe zwischen Teresa und Johan, wie innig die Verbundenheit zu ihrer Schwester Peggy gewesen war. Teresa war ihnen einfach genommen worden und ohne je gefunden worden zu sein, war sicher, dass sie nicht mehr bei ihnen war.

Doch Teresas Seele lebte noch immer hier, wollte nie ganz vergessen werden und verloren sein.

Immer wieder zeigte sie sich in Janes Träumen, ihren Vorstellungen oder tat ihren Willen kund, um ihren Lieben, und Jane als eine Art Vermittler zwischen ihnen, zu zeigen, dass alles gut war, so wie es war.

Je näher sich Richard und Jane kamen, je näher die beiden Rebecca kamen und sie schließlich fanden, um so zufriedener und glücklicher schien Teresa zu sein. Sie rief nicht mehr um Hilfe, ließ Jane nicht mehr nachspüren, wie sie ums Leben gekommen war, nein, sie freute sich über eine neue, faszinierende Liebe. Und sie war glücklich darüber, ihre Lieben zueinander zurückfinden zu sehen. All diese Dinge wurden Jane immer bewusster. Das große Rätsel und das unendlich traurige Geheimnis des Hauses am See waren an die Oberfläche gekommen. Jahrzehnte lang verschüttet, durch die Verschwiegenheit von Arthur Stanton, die Unfähigkeit Johans, mit dem Verlust und dem Einfluss des Vaters umzugehen und das Verdrängen des Schmerzes durch Rebecca. Jetzt wurde Teresa erhört, durch sie, durch Jane.

Ein unglaublich wohliges, warmes Gefühl umgab sie plötzlich. Sie schloss die Augen und spürte die Ruhe in sich. Sie fühlte, dass Teresa bei ihr war. Es war nicht beängstigend, es war wie eine Art Meditation.

Ein leises Klopfen drang an Janes Ohr, sie konnte es nicht einordnen, versuchte, nur ihrem Gefühl zu folgen. Das Klopfgeräusch wurde lauter, hörte kurz auf, um dann erneut zu beginnen.

Plötzlich erschrak Jane heftig! Es klopfte tatsächlich, und zwar an ihrer Haustür! Das konnte doch nicht sein, oder? Schnell ging sie in den Flur, um nachzuschauen, was los war. Sie traute ihren Augen nicht! Es war Rebecca! Sie war wirklich hier!

„ Mrs Dunken! Sie sind hier! Ich hätte nicht gedacht, dass Sie wirklich herkommen und so schnell. Sind Sie allein?"

„ Ja, ich bin allein. Ich habe den Flug gleich heute Morgen bekommen. Aber bitte, nennen Sie mich Peggy, ich glaube, das ist das Mindeste, nach allem, was geschehen ist."

Es war mittlerweile später Nachmittag. Nachdem Jane Peggy hereingebeten hatte, war diese staunend durch das Haus gelaufen.

„ Es ist noch immer alles so wie damals, vor 50 Jahren. Ich kann es kaum glauben. Es fühlt sich an, als wäre die Zeit hier   stehen geblieben, als wäre nie etwas geschehen, als käme Teresa gleich die Treppe heruntergelaufen."

Peggys Augen glänzten, sie war den Tränen nahe, aber sie musste die Sache durchstehen. Es war wichtig, für sie und für Teresa. Wenn Peggy wüsste, wie Recht sie damit hatte, dass man das Gefühl hatte, Teresa wäre noch immer hier, dachte Jane.

Peggy trug Teresas Brosche, das konnte Jane sehen, als diese den Mantel abnahm und ihn über den Stuhl hängte. Noch immer schaute sie sich um und fragte Jane, ob sie auch nach oben gehen dürfte, um sich alles anzusehen. Natürlich hatte Jane nichts dagegen, blieb selbst aber im Wohnzimmer. Jane hatte bemerkt, dass ein leichter Wind aufgekommen war, auf dem See waren jetzt einige größere Wellen zu sehen, obwohl vorhin noch alles ruhig gewesen war. Sie konnte sich täuschen, aber irgendwie war Jane überzeugt, dass es mit Teresa zu tun hatte. Es dauerte eine gute halbe Stunde, bis Peggy wieder herunterkam.

Als Jane sie sah, sprang sie sofort auf und lief auf sie zu. Peggy war kreidebleich. Ihr ganzer Körper zitterte und Tränen rannen ihr über die Wangen.

„ Mein Gott, Peggy, was ist mit Ihnen?", fragte Jane verzweifelt.

Sie führte sie an den Tisch und bot ihr einen Stuhl an. Peggy antwortete nicht. Wortlos und zum See hinausblickend, trank sie den Tee, den Jane bereitgestellt hatte.

Was war nur passiert? Was oder wer war Peggy begegnet? Eigentlich konnte sich Jane denken, was oben geschehen war, doch sie traute sich nicht, Peggy danach zu fragen. Sie musste sich erst beruhigen oder aus ihrer Trance aufwachen, je nachdem. Jane konnte ihren Zustand nicht deuten.

Sie hoffte, sich mit ihr unterhalten zu können, doch Peggy schien nach wie vor weit weg mit ihren Gedanken. Sie beschloss, Peggy erst einmal allein zu lassen, doch als sie aufstand, um das Zimmer zu verlassen, hielt Peggy sie am Arm fest. Erschrocken fuhr sie herum und blickte in deren entsetzte und traurige Augen.

„ Bitte, bleiben Sie hier, Jane, ich möchte nicht alleine sein." Jane setzte sich wieder zu ihr und fragte, was los sei. Peggy schüttelte nur den Kopf. Sie suchte nach den richtigen Worten, um Jane zu erklären, was sie gerade erlebt hatte.

„ Ich weiß nicht, wie ich es erklären soll. Ich bin nach oben gegangen, um mich ein wenig umzusehen. Es ist fast alles wie damals, als Teresa und Johan noch hier wohnten. Als ich die Treppe wieder hinuntergehen wollte, wurde ich plötzlich irgendwie von Ihrem Schlafzimmer angezogen. Ich kann es nicht anders erklären. Es war, als müsste ich unbedingt hineingehen, weil mich dort etwas erwartete. Ich hoffe, Sie sind mir nicht böse, dass ich Ihr Schlafzimmer betreten habe…",sagte Peggy. Jane verneinte, viel zu gespannt zu hören, was Peggy da oben erlebt hatte.

„ Ich ging also hinein. Das Fenster zum Balkon stand offen und ich ging hinaus. Ich glaubte zuerst nicht, was ich sah und vor allem hörte, aber ich bin mir sicher, dass ich mir das nicht eingebildet habe."

Peggy senkte den Kopf, legte beide Hände auf ihr Gesicht und begann zu weinen. Vorsichtig strich Jane über Peggys Arm, um sie ein wenig zu beruhigen.

„ Ist schon gut, Peggy, wirklich."

„ Nein!", schrie Peggy plötzlich auf.

„ Nichts ist gut!" Jane sah sie erstaunt an.

„ Ich habe sie gehört, verstehen Sie? Teresa ist da gewesen, ich habe ihre Stimme gehört! Ihre Stimme! Nach 50 Jahren, Jane! Und der See! Es war plötzlich windig, fast stürmisch, die Wellen wurden immer größer und die Stimme von ihr...sie wurde immer lauter!"

Peggy war jetzt aufgestanden und starrte aus dem Fenster. Draußen war alles wieder ruhig. Langsam wurde es dunkel und zum ersten Mal, fand Jane, sah der See ein wenig unheimlich aus.

„ Was hat sie gesagt, Peggy? Was hat sie Ihnen erzählt?" Peggy drehte sich langsam wieder zu Jane um.

„ Ich weiß es nicht genau, Jane, ich hörte nur ein paar Worte deutlich. Sie sagte etwas von Liebe, Vergebung und Ruhe und immer wieder konnte ich ihr unbeschwertes Lachen hören. Jane, Sie hatten Recht, was Teresa betrifft, oder bin ich doch verrückt?" Jane lachte verlegen.

„ Wenn Sie es sind, bin ich es auch!" Peggy lächelte jetzt ebenfalls.

„ Es tut mir Leid, dass ich Ihnen nicht geglaubt habe, es klang so unwirklich. Umso schwieriger ist es jetzt für mich, wieder mit ihr in Kontakt zu sein, ich hätte nie zu träumen gewagt, ihr je wieder zu begegnen."

Wieder schüttelte Peggy den Kopf, als fasste sie es noch immer nicht.

„ Teresa ist hier, ihre Seele ist nie gegangen, sie war die ganze Zeit da, so, als könnte sie nicht gehen, weil sie noch etwas hier festhält", sagte Jane.

Sie hatte die Liebe ihres Mannes und ihrer Schwester verloren, sie hatte das Kind verloren...sie war verloren ohne die Gewissheit, dass ihre Lieben mit ihren Gedanken gemeinsam bei ihr waren.

47

Das konnte doch alles nicht wirklich sein, dachte Peggy, nicht real. Sie hatte ihre Schwester vorhin so intensiv gespürt, als wäre sie tatsächlich anwesend. Auch jetzt noch ließ sie das Gefühl nicht los, dass sie in der Nähe war. Wie war das möglich? So etwas hatte sie vorher nie erlebt, auch nicht, als ihr Mann starb, für den sie eine so tiefe Liebe empfunden hatte. Sie trug ihn im Herzen, sie wusste, so war er stets bei ihr, aber sie hatte nie seine Anwesenheit gespürt, ihn nie mit ihr reden gehört wie vor ein paar Minuten ihre Schwester. Es musste einen Grund dafür geben.

Und es konnte nur einen geben. Peggy wurde immer deutlicher, warum das so war, und es gab nur einen Weg, das herauszufinden. Sie musste mit Johan reden.

Schweigend tranken Jane und Peggy ihren Tee. Gerade, als Jane fragen wollte, ob sie hungrig sei, stand Peggy auf.

„ Jane, wären Sie so freundlich, mich zu meinem Hotel zu fahren? Ich habe das Taxi nicht warten lassen, in der Hoffnung, Sie würden mich fahren. Es ist nicht weit."

„Natürlich, Peggy, ich fahre Sie gerne."

Die beiden Frauen gingen gerade in den Flur, als das Telefon klingelte.

Es war Richard. Janes Gesicht hellte sich sofort auf. Er erzählte ihr, dass es Johan schon besser ginge und er nicht ins Krankenhaus müsste. Jane freute sich so sehr darüber, dass sie fast überhörte, wie Richard sagte:

„ Ich muss für ein paar Tage verreisen. Simon, der verrückte Hund, hat unsere Geschichte über Kanada an den Mann gebracht und es soll eine Dokumentation darüber gemacht werden. Wir müssen zur Vertragsunterzeichnung nach London fahren."

Jane wusste erst nicht recht, was sie sagen sollte.

„Aber das ist doch wunderbar, ich freue mich für euch."

Richard versprach, sich zu melden, und die beiden verabschiedeten sich. Etwas bedrückt kam Jane zurück in den Flur. Das Telefonat war irgendwie seltsam gewesen. Als hätte sie mit einem fremden Mann gesprochen, nicht mit dem Mann, mit dem sie die letzten Tage verbracht hatte, mit dem sie so viel Zärtlichkeit und Leidenschaft erlebt hatte, mit dem sie so vertraut geworden war. Hätte sie ihm nicht auch sagen sollen, dass Peggy bereits hier war?

„ Ist alles okay, Liebes?", fragte Peggy liebevoll.

„ Ja, es ist alles in Ordnung. Das war Richard, er sagte, dass es Johan besser geht."

„ Das freut mich sehr, Jane, ich hoffe, es geht ihm so gut, dass ich ihn besuchen kann."

Sie fuhren zum Hotel. Im Wagen redeten sie kaum miteinander. Jede hing ihren eigenen Gedanken nach.

„ Ich danke Ihnen, Jane, und bitte machen Sie sich keine Sorgen, zwischen Ihnen und Richard ist alles gut, man kann es Ihnen beiden förmlich ansehen, dass Sie zusammengehören, auch wenn es im Moment vielleicht nicht so aussieht."

Mit einem Lächeln winkte Peggy Jane zum Abschied. Das war ja unfassbar! Wieder redete ihr eine nahezu Fremde gut zu, was Richard betraf, so wie vor etwa einer Woche die nette Dame in dem Gasthaus. Jane schien tatsächlich wie ein offenes Buch zu sein, wenn es um ihn ging, und ihre Gedanken waren offensichtlich gut zu erkennen.

Oje, apropos Buch. Sie würde gleich morgen Nelly anrufen müssen. Sicherlich war sie schon aufgebracht, weil sie noch nichts von Jane gehört hatte. Sie musste sich eine gute Ausrede einfallen lassen, um Nelly zu erklären, warum sie noch immer kein Material für den

Roman hatte. Obwohl, dachte Jane, vielleicht hatte sie ja doch eine Idee.

Da es Zeit für das Abendessen war und Jane keine Lust hatte, sich etwas zu kochen, fuhr sie ins Restaurant in der Stadt, in dem sie früher oft gewesen war. Seit dem Vorkommnis damals mit Connor war sie nur noch einmal mit Richard hier gewesen, als sie sich über den Mietvertrag für das Haus unterhalten hatten. Lächelnd dachte Jane daran zurück, als sie den Gastraum betrat.

48

Es hatte sich kaum etwas verändert, es waren sogar die gleichen Leute da, wie immer, dachte Jane. Sie setzte sich an einen freien Tisch und nahm die Karte in die Hand, als ihr jemand auf die Schulter tippte.

„ Na, schöne Frau, ganz allein hier?" Es war Paul, Connors bester Freund. Jane umarmte ihn, sie hatten sich so lange nicht gesehen. Und sie hatte sich auch damals nicht für seine Hilfe bedankt. Die beiden kamen ins Gespräch und Paul erzählte ihr, dass er nicht mehr mit Connor zusammenarbeiteten würde.

„ Er hat diese Lisa schnell geheiratet und sich dann um nichts mehr gekümmert. Nach ein paar Gesprächen sind wir zu dem Entschluss gekommen, unsere Geschäftsbeziehung zu beenden. Er war so damit beschäftigt, seiner Frau jeden Wunsch zu erfüllen, dass er wohl vergessen hat, auch für das Geld, das er ausgab, arbeiten zu müssen. Na ja, gebracht hat es ihm nicht viel, die beiden leben in Scheidung, weil er nicht mehr finanzkräftig genug für Lisa ist. Er kam vor etwa zwei Wochen hierher. Sah der fertig aus! Wir haben uns eine Weile unterhalten und er fing an, von dir zu erzählen, dass er einen Fehler gemacht hätte und so weiter. Ich habe ihn nur ausgelacht und ihm erklärt, dass es für diese Einsicht wohl zu spät ist."

Jane war sprachlos, ihr war der Appetit gründlich vergangen. Sie hatte nicht vorgehabt, jemals etwas über Connor zu erfahren, schon gleich gar nicht, wie schlecht es ihm ging und dass er von ihr gesprochen hatte. Das Kapitel in ihrem Leben war abgehakt, ein für alle Mal.

Das war alles zu viel für Jane, gerade jetzt, da sie in einer merkwürdigen Beziehung mit Richard steckte und nicht wusste, wie sie sich verhalten sollte. Jane verabschiedete sich von Paul, der ihr verwundert nachschaute, und fuhr nach Hause.

49

Richard saß in seinem Wohnzimmer und schaute sich die Bilder von Kanada an. Simon hatte angerufen und ihm gesagt, er soll so viele Fotos wie möglich heraussuchen, um die Verleger zu beeindrucken. Aber Richard war mit den Gedanken ganz woanders. Er konnte nicht aufhören, an Jane zu denken. Das Telefonat vor ein paar Stunden war merkwürdig kühl gewesen, nichts von der Leidenschaft der letzten Woche war zu spüren gewesen. Warum war das nur so? Hatten sich ihre Gefühle zu ihm geändert? Lag es daran, dass sie in den Alltag zurückgekehrt waren? Andererseits war Richard klar, dass ihre Beziehung zueinander etwas ganz Besonderes war, es war schwer, so weiterzuleben wie in den letzten Tagen. Jede Minute des Tages zusammen zu verbringen, sich einfach treiben zu lassen…
Wenn er aus London zurückkäme, musste er unbedingt mit Jane reden.

Am Nachmittag hatte er mit dem Arzt gesprochen, er war sehr zuversichtlich, dass Johan schnell wieder auf die Beine kommen würde. Eigentlich wäre es Richard lieber gewesen, jetzt nicht auf dem Sprung nach London zu sein, sondern bei Johan bleiben zu können, aber Rosa hatte ihm mehr als einmal versichert, gut auf Johan zu achten. Richard hatte bemerkt, wie glücklich Johan war, als er ihm von Rebecca erzählt hatte, er war förmlich aufgeblüht. Beinahe hätte Richard ihm erzählt, dass sie vorhatte, noch mal hierher zurückzukommen. Aber Richard wusste nicht, wann das sein würde, und wollte Johan damit nicht unnötig auf die Folter spannen.

Peggy war allein nach Cumbria gekommen, entgegen der eindringlichen Bitten ihrer Familie. Sie wäre zu betagt, um allein zu reisen, sagten sie. Peggy hatte viel Überzeugungsarbeit leisten müssen. Aber sicher, sie würde bald 70 Jahre alt werden, also war sie nicht mehr allzu jung, aber sie wollte ihre Familie einfach nicht mit ihrem alten Leben konfrontieren.

Ava bat sie, sich zu melden und rechtzeitig zu ihrem Geburtstag in 3 Tagen zurück zu sein. Aber seit ihrem Erlebnis heute Nachmittag im Haus bei Jane wurde der Wunsch immer lauter, ihren Geburtstag hier zu verbringen. Bei Teresa, mit ihr zusammen. So verrückt das auch klingen mochte, aber Peggy war sich sicher, dass es auch Teresas Wunsch gewesen wäre. Wieder gingen ihre Gedanken zurück. Sie hatte sie tatsächlich gehört, als sie auf dem Balkon des Hauses stand, hatte mit angesehen, wie sich der See verändert hatte. Teresa hat sich bemerkbar gemacht, wollte Peggy zeigen, dass sie da war, und ihr zeigen, dass die letzten 50 Jahre der Trauer, der Ungewissheit und der Verdrängung vorüber waren. Peggy wollte eigentlich noch ein wenig warten, aber sie würde gleich morgen zu Johan fahren, sie musste unbedingt zu ihm.

50

Jane hatte eine furchtbare Nacht. Immer wieder tauchten Bilder der vergangenen Tage auf. Immer wieder sah sie Teresa und Peggy, Bilder aus deren Jugend wurden lebendig, die sie bei Peggy im Pub gesehen hatte. Die Geschichte der beiden und der Johans vermischte sich in ihren Träumen mit ihrer eigenen. Richard stand am See und starrte fassungslos auf das Wasser. Tränen überströmt kam Peggy auf ihn zu gerannt und auch Johan war da. Jane sah Teresa und Johan im Haus, bevor sie aufbrachen, um das Segelboot zu testen. Janes Unterbewusstsein formte aus den Erlebnissen und der tragischen Geschichte um Teresa neue, unerklärliche Träume.

Jane war froh, endlich wach zu sein. Zu sehr war sie in ihrem unruhigen Schlaf gefangen gewesen. Als sie aufstand, um hinunterzugehen, flog die Balkontür auf. Ein leichter Windhauch wehte herein und Jane stand fassungslos da. Sie ging zum Balkon und schaute hinaus. Es war alles ruhig. Energisch schloss sie die Tür. Sie hatte im Moment keinen Nerv dafür, nicht nach dieser Nacht. Jane erfasste ein beklemmendes, beunruhigendes Gefühl, so, als würde etwas passieren, das sie nicht verhindern konnte. Auch der Kaffee, den sie sich gerade gemacht hatte, konnte sie nicht davon ablenken, deshalb beschloss sie, gleich bei Nelly anzurufen.

Nelly war überaus erfreut, von Jane zu hören, und gespannt, welche Ideen sie für den ersehnten Roman hatte. Jane war froh, mit ihr zu reden, über die Arbeit, die ihr bevorstand und in die sie sich mit Freuden stürzen würde. Alles, um sich ein wenig abzulenken und die letzten Wochen zu verarbeiten.

Jane machte Nelly ein wenig Hoffnung auf den Roman, den sie bislang gar nicht hatte schreiben wollen. Aber in letzter Zeit kam sie mehr und mehr zu der Erkenntnis, ihre Erlebnisse darin verarbeiten zu können. Die beiden verabredeten, in ein paar Tagen noch einmal zu telefonieren, um die Aufträge und das Buch zu besprechen. Vorerst hatte Nelly nur einen kleinen Auftrag für Jane, es ging um ein Projekt in der Stadt, für das sie recherchieren sollte. Das war zwar nicht viel, aber in Ordnung für Jane. Nachdem sie aufgelegt hatte, wurde Jane langsam ruhiger. Die Anspannung fiel von ihr ab. Sie genehmigte sich ein Bad, um den Tag nach dieser unruhigen Nacht ausgeruht beginnen zu können.

Anschließend stürzte sie sich in ihre Arbeit über dieses Bauprojekt der Stadt. Sie fand im Internet bereits ein Interview mit dem Bauleiter von einer gewissen Lisa Brathley, was aber nicht aufschlussreich genug war, um die heiß diskutierten Fakten des Projektes zu hinterfragen.

Lisa Brathley. Brathley war Connors Familienname, den Jane vor gut einem Jahr auch beinahe getragen hätte. Ja, nur gut, dass es nicht so gekommen war, dachte Jane.

51

Johan durfte schon wieder aufstehen und er war froh darum. Dieses ewige Liegen im Bett war ihm auf die Nerven gegangen. Er stützte sich auf seinen Stock und lief den Flur hinunter, als die Türglocke läutete. Er rief nach Rosa, doch sie antwortete nicht. Ach, ich geh schon selbst, dachte er, ich sollte mich sowieso ein bisschen bewegen. Er öffnete die Tür und wollte gerade nachfragen, was der Besucher wollte, als ihm die Stimme versagte. Vollkommen bewegungslos stand Johan im Eingangsbereich, die Türklinke noch immer in der Hand.

Johan schwankte nach hinten zurück, als Rosa gerade dazukam. Sie ergriff seinen Arm, um ihn zu stützen. Sie wollte gerade beginnen, mit ihm zu schimpfen, weil er schon wieder auf den Beinen war, als sie sah, was Johan so aus der Fassung gebracht hatte.

Teresa! Sie stand leibhaftig vor ihnen!

Das war doch nicht möglich! Rosa traute ihren Augen nicht, sie wusste nicht, was sie sagen oder tun sollte. Sie starrte die Frau einfach nur an und Johan tat es auch.

„ Ich bin es, Rebecca, es ist lange her."
Peggy ging einen Schritt auf Johan zu und streckte ihm die Hand entgegen. Er hat sich kaum verändert, dachte Peggy, älter, ja, aber sie erkannte noch immer den gut aussehenden, jungen Johan in ihm. Johan nahm ihre Hand in seine, sah ihr lange in die Augen, bevor er Peggy an sich zog und sie weinend in den Arm nahm. Die beiden standen da, weinten um die letzten 50 Jahre, weinten um Teresa, ihre verlorene Liebe und um ihre verloren geglaubte Freundschaft. Eine Ewigkeit, so schien es, lagen sich Johan und Peggy in den Armen, bis Rosa sie bat hereinzukommen. Sie gingen ins Wohnzimmer, setzten sich gemeinsam hin und sahen sich einfach nur an, ohne auch nur ein Wort zu sagen.

„ Ich bin so glücklich, dass Sie hier sind. Es ist zu viel Zeit vergangen, in der Sie beide gelitten haben. Ich bin dankbar, dass es noch ein gutes Ende gibt", sagte Rosa und wandte sich schließlich zum Gehen, um die beiden allein zu lassen

Johan senkte seinen Blick, wusste nicht, wie er beginnen sollte, Rebecca alles zu erzählen. Er hatte es ihr geschrieben, ja, schon vor langer Zeit wollte er, dass sie alles erfuhr, aber er hatte es nicht geschafft. Jetzt hatte sein Richard es geschafft, mit Hilfe von Jane die Zeilen, die ihm so wichtig waren, an Rebecca weiterzugeben.

Wie sehr hatte er sich gewünscht, sie wiederzusehen. Und jetzt saß sie ihm gegenüber, fast auf den Tag genau 50 Jahre nach dem Unglück, und er wusste nichts zu sagen.

Sie sah aus wie Teresa. So würde sie heute also aussehen. Noch immer wunderschön, dachte Johan, und ihm wurde klar, dass er mit Rebecca immer auch bei Teresa sein konnte, ihr nahe sein, obwohl sie ihn hatte verlassen müssen. Er wollte sich für seine Unfähigkeit bei Rebecca entschuldigen, doch als er ansetzten wollte, darüber zu reden, hielt ihm Rebecca die Hand vor den Mund. Sie wusste, was er sagen wollte, aber es war nicht mehr nötig. Es war alles gesagt, sie hatten ihren Frieden miteinander gefunden und Johan verstand es, als er sie anschaute.

„ Es ist gut, wie es ist, Johan, glaube mir", begann Rebecca und erzählte Johan, dass sie gestern bei Jane im Haus am See gewesen war, erzählte ihm von der Begegnung mit Teresa, ihrer Stimme und ihren Gefühlen. Sie redete über ihr Leben in Schottland, auf dieser wunderbaren Insel. Sie sprach voller Liebe über ihren Mann und ihre Familie, sprach darüber, wie sie wieder glücklich geworden war und ihren Platz in der

Welt wiedergefunden hatte, den sie glaubte, verloren zu haben.

„Aber es war wichtig, hierher zu kommen. Ich hatte es all die Jahre verdrängt und gehofft, es würde mich nie wieder einholen. Aber dein Brief hat mir die Augen geöffnet und mir gezeigt, was mir gefehlt hat. Mein Leben hier lässt sich nicht einfach vergessen, nicht nach all dem, was geschehen ist. Ich dachte nicht, dass ich Teresa vergessen hätte, aber ich habe es wohl doch versucht. Doch das geht nicht, sie ist ein Teil von mir, so wie von dir. Und mir wurde gestern im Haus klar, dass sie möchte, dass wir beide uns gegenseitig vergeben. Sie hat wie wir darunter gelitten, dass unsere Verbindung zueinander und zu ihr verloren gegangen ist, dessen bin ich mir sicher."

Johan dachte lange darüber nach. Rebecca hatte Recht und er wusste auch, dass es zum großen Teil seine Schuld war, das konnte er nicht ändern. Er war damals nach dem Unfall nicht er selbst gewesen, er hatte die Kontrolle über sich verloren, doch auch das musste er akzeptieren. Peggy, wie sie im Übrigen früher nur von Teresa genannt worden war, fragte Johan nach seinem Leben aus und er erzählte ihr alles, was er erlebt und erfahren hatte. So wie mit Peggy hatte er außer mit Rosa, die alles miterlebt hatte, nie mit jemandem geredet. Die Stunden vergingen und es wurde langsam dunkel. Rosa hatte die beiden mit Essen und Trinken versorgt, doch es wurde langsam Zeit für Peggy, ins Hotel zurückzufahren. Sie fragte Rosa, ob sie ihr ein Taxi rufen würde.

Aber Johan wollte sie noch nicht gehen lassen.

„ Bitte bleib noch, du kannst gerne hier übernachten, Peggy, das Haus ist bei Gott groß genug. Ich möchte noch über so viele Dinge mit dir reden, du würdest mir eine große Freude machen."

Und das war tatsächlich so. Seit er Peggy vor der Haustür hatte stehen sehen, ging es ihm richtig gut. Es war fast so, als hätte ihr Erscheinen dazu beigetragen, dass er gesund werden würde und nicht nur körperlich, nein, vor allem seine Seele fand endlich Ruhe.

Peggy war unschlüssig, willigte aber ein. Sie wollte das Gespräch mit Johan, was so gut tat, auch nicht beenden.

„ Weißt du, ich würde dir gerne von Richard erzählen. Du hast ihn ja kennen gelernt und von Jane, die sich als Einzige seit den vielen Jahren im Haus am See wohl fühlt. Ich glaube, das hat einen Grund."

Johan erklärte Peggy, dass er seit damals nie wieder in dem Haus gewesen war. Sein Vater, der Peggy noch allzu gut in Erinnerung war, hatte es am Anfang verwaltet, dann später wurde es vermietet. Doch nie hatte es jemand lange in dem Haus ausgehalten. Gerüchte wurden in der Stadt in Umlauf gebracht, es würde in dem Haus spuken und es hätte bestimmt mit dem ominösen Unfall vor Jahren zu tun, nach dem Johan so krank gewesen war.

Es war jahrelang unmöglich gewesen, das Haus wieder zu vermieten. Richard war inzwischen der Verwalter des Grundstückes und dann kam der Anruf dieser jungen Frau. Johan erzählte Peggy, dass es eigenartig gewesen war, als er das erste Mal mit Jane sprach, so als würde er sie bereits kennen und er hatte dieses unbestimmte Gefühl, dass sie genau diejenige war, die dort wohnen sollte. Sie würde nicht wieder ausziehen wollen, war sein Gedanke. Und als ihm Richard von der Hausbesichtigung und Jane erzählte, war er ganz sicher, sie war nicht nur die richtige Mieterin, sie war auch die richtige Frau für Richard. Richard redete über sie und hatte dabei so einen Glanz in den Augen, der ihn verriet, obwohl er selbst noch nichts von seinem Gefühl wusste, erklärte Johan mit einem Lächeln.

Johan berichtete Peggy davon, dass Jane ihn aufgesucht hatte, um mit ihm über die seltsamen Dinge am See zu reden. Da war ihm klar geworden, dass es an der Zeit war, sie zu suchen, und er erzählte Peggy von der Idee, Jane und Richard auf diese Weise zusammen auf die Reise zu schicken.

„ Ich muss zugeben, dein Plan war ziemlich durchdacht, oder irre ich mich?", fragte Peggy. Aber Johan schüttelte den Kopf.

„ Nein, darüber nachgedacht habe ich überhaupt nicht. Ich fühlte einfach, dass genau jetzt der richtige Zeitpunkt gekommen war und die beiden die Richtigen waren, mir dabei zu helfen."

Johan schaute Peggy fragend an. Hatte er doch alles falsch gemacht? Hätte er seinem Gefühl nicht nachgeben sollen?

„ Ich weiß, was du meinst. Ich habe die beiden kennen gelernt. Sie sind füreinander geschaffen. So wie du und Teresa es waren."

Und wie ich und mein Lennard, dachte Peggy. Beide schauten hinaus in die Dunkelheit, es war vollkommene Stille eingekehrt.

52

Richard fühlte sich unwohl. Simon und er waren den ganzen Tag gefahren, nur um in diesem TV-Sender in London darauf zu warten, dass ein paar Experten ihre gesamten Fotos und Unterlagen von Kanada komplett durcheinander brachten. Er hielt überhaupt nichts davon, seine und Simons Abenteuer zu vermarkten und als eine Art Sightseeingtour für Junggesellen durch die Wildnis darzustellen. Morgen hätten sie noch ein paar Termine, aber Richard war zu dem Schluss gelangt, dass er Simon die Sache allein überlassen würde. Er würde nur noch zustimmen und dann könnten sie endlich wieder nach Hause fahren. Er hatte kein Interesse mehr daran.

Jetzt saßen sie in der Hotelbar, Simon war völlig euphorisch und wollte gleich noch um die Häuser ziehen, wenn sie schon mal wieder in London waren, aber Richard fehlte der Elan. Und nicht nur das, ihm fehlte Jane! Er hatte gedacht, er könnte etwas Abstand gewinnen, um über ihre Beziehung nachzudenken. Er wollte nichts überstürzen und Jane wahrscheinlich auch nicht. In diesen gemeinsamen Tagen in Schottland waren sie von ihren Gefühlen zueinander überrascht worden, hatten sich treiben lassen, hatten nicht nachgedacht. Sie hatten Zeit gehabt, sich aufeinander zu konzentrieren, sich auf den anderen einzulassen, der Alltag in England war weit weg. Aber jetzt waren sie zu Hause, jeder hatte sein eigenes Leben, es würde nicht wieder so werden wie auf ihrer Reise. Oder vielleicht doch? Vielleicht wäre es ja möglich? Denn genau das war es, was Richard wollte! Er konnte es nicht leugnen. Simon redete wie wild auf Richard ein, doch der hörte ihm gar nicht zu.

„ Junge! Was ist nur mit dir los? Ist dir denn nicht klar, was der Deal mit dem Sender für uns bedeuten kann? Wir könnten mit unserem Kanada-Trip groß rauskommen!" Simon schrie Richard regelrecht an.
„ Doch, ich weiß es und ich überlasse alles dir. Ich werde morgen früh nach Hause fahren, du machst das schon, ich vertraue dir."
Richard stellte sein Glas ab, stand ohne ein weiteres Wort auf und ging auf sein Zimmer.
Simon schaute ihm mit aufgerissenen Augen hinterher.

Richard schlief unruhig in dieser Nacht, genau wie Jane.
Ihr ging es nicht wirklich gut seit der Begegnung mit Paul in dem Pub. Den ganzen Tag schon hatten sie ihre Gedanken umgetrieben. Sie dachte wieder an die Zeit mit Connor zurück und dann an das erste Treffen mit

Richard. Einer Sache war sie sich sicher, dass die Beziehung mit Connor beendet war und nicht wieder beginnen würde. Doch wie sie geendet hatte, tat noch immer weh. Ihre Gedanken gingen immer wieder zurück nach Schottland, zu Peggy und ihrer Familie und zu Richard. Sie bekam ihn einfach nicht aus ihrem Kopf und wollte es auch gar nicht. Warum nur musste alles so kompliziert sein? Es war doch auch einfach gewesen, als sie zusammen unterwegs waren. Sicher hatte sie sich anfangs gegen ihre Gefühle gewehrt, weil sie sie vollkommen überrumpelt hatten, aber sie hatte ihnen nachgegeben. Und das was das Schönste, was ihr je passiert war. Sie vermisste die letzten Tage, sie vermisste die Lust, die Leidenschaft, sie vermisste Richard. Sie musste ihn sehen, unbedingt, sie hatte nichts zu verlieren.

53

Das Klingeln des Telefons riss Jane aus ihren Tagträumen. Völlig übermüdet hatte sie sich am Morgen an ihre Arbeit gemacht, um sich ein wenig abzulenken. Mittlerweile war es kurz nach Mittag und sie war nicht wirklich vorangekommen. Schnell hob sie ab und wurde sofort wach, als sie die Stimme am anderen Ende hörte.

„ Jane, ich bin es. Ich bin zurück aus London. Ich muss dich sehen." Jane war außer sich vor Freude.

„ Gerne, ich möchte dich auch sehen. Wir sollten reden", sagte sie.

„ Ich weiß und ich muss dir dringend etwas sagen. Ich habe Simon mit der Angelegenheit in London sitzen lassen, dafür musste ich ihm versprechen, heute Abend gleich einen Termin bei der Regionalpresse einzuschieben, da die Dame ab morgen vorerst nicht mehr in der Gegend ist. Der Termin ist um 6 Uhr im Pub. Kommst du anschließend dorthin?"

Natürlich sagte Jane sofort zu. Sie freute sich auf ihn und plötzlich war die Müdigkeit verflogen. Sie war gut gelaunt, er hatte wunderbar geklungen, gar nicht so wie bei ihrem letzten Gespräch.

„ Übrigens, Peggy ist hier, ist das nicht wunderbar? Großvater ist so glücklich, er wirkt wie neugeboren."

„ Ich weiß, dass sie da ist, Richard", antwortete Jane lachend.

„ Bis heute Abend!"

Kaum 20 Minuten später klingelte das Telefon erneut und Johan meldete sich. Er bedankte sich bei Jane für ihre Hilfe bei der Suche nach Rebecca, denn dazu hatte er noch gar keine Gelegenheit gehabt. Er erzählte ihr, dass Peggy seit gestern bei ihm sei und er ihr gerne einen Wunsch erfüllen würde. Peggy hatte sich entschieden, noch nicht nach Hause zu fahren, sondern ihren Geburtstag morgen hier zu verbringen. Sie würde gerne mit Johan zum See kommen, wenn Jane nichts dagegen hätte.

Sie hatte nichts dagegen, nein, sie fand es wunderbar, dass Peggy noch blieb. Ava, dachte Jane, ist sicherlich nicht so begeistert. Schließlich war es Peggys 70. Geburtstag und ihre Familie wollte sie bei sich haben. Doch Peggy und Johan brauchten auch Zeit miteinander, das konnte Jane gut verstehen.

Gegen 6 Uhr machte sich Jane langsam auf den Weg. Sie würde noch eine Weile brauchen, bis sie in der Stadt war, und vielleicht war Richard in der Zwischenzeit mit seinem Pressetermin fertig. Jane war nervös wie lange nicht mehr. Ihr Herz schlug schneller, je näher sie der Stadt kam.

Sie hatte Richard erst vor drei Tagen das letzte Mal gesehen, aber es kam ihr vor wie Monate. Sie stellte ihren kleinen Wagen ab und ging voller Erwartung auf den Pub zu.

Wie würde es werden? Was würde er sagen?

Sie war so unsicher einerseits, doch wusste sie auch, dass sie Richard nicht egal war, im Gegenteil, er hatte begonnen, sich ihr zu öffnen. Aber es war möglich, dass sich das jetzt geändert hatte, er anderer Meinung war.

Doch Jane wollte, nein, sie musste ihm sagen, was sie für ihn empfand. Sie war fest entschlossen, ihm zu sagen, dass sie ihn liebte. Sie war sich nie einer Sache sicherer gewesen und sie hätte es ihm bereits in Schottland sagen sollen.

Mit dieser neu gewonnenen Entschlossenheit betrat sie den Pub. Er war gut besucht und Jane sah sich eine Weile um, konnte Richard aber nicht entdecken.

Sie setzte sich auf einen der noch freien Plätze an der Bar, um auf ihn zu warten. Es war ja möglich, dass sich der Termin verschoben hatte und er später kam.

Jane beobachtete die Leute im Pub und wurde dabei auf ein offensichtlich verliebtes Pärchen aufmerksam, das immer wieder die Köpfe zusammensteckte. Sie konnte nur den Rücken der Frau sehen, aber sie musste sehr attraktiv sein. Sie hatte wunderschöne helle lange Haare. Sie war groß und schlank und sie trug ein eng sitzendes schwarzes Kleid, das ihre Figur nur noch mehr zur Geltung brachte. Den Mann konnte sie nicht sehen, nur der Haarschopf lugte ab und an hervor. Die Frau strich immer wieder über die Hand des Mannes und flüsterte ihm etwas ins Ohr.

Jane schmunzelte, sie freute sich für die beiden und ließ ihren Blick weiter durch das Lokal schweifen. Inzwischen hatte sie sich einen Tee bestellt, weil sie ein wenig fror. Es wurde langsam kalt draußen und es würde ihr erster Winter im Haus werden. Sie konnte sich gut vorstellen, wie gemütlich es werden würde, wenn der Winter Einzug hielt. Ihre Gedanken schweiften ein wenig ab, sie stellte sich vor, wie sie mit Richard vor dem Kamin saß, sie sich miteinander unterhielten, sich aneinander schmiegten und sich liebten, während draußen der Schnee fiel.

Jäh wurde sie aus ihren Gedanken gerissen, als sie eher unbewusst noch mal zu dem Pärchen schaute. Der Mann hatte sich aufgerichtet.

Es war Richard! Ihre Blicke trafen sich und Richard schaute Jane mit einem Ausdruck an, den sie nicht deuten konnte. Es war wie eine Mischung aus plötzlicher Freude und Schuld. Er schaute seine Begleitung an, redete kurz mit ihr und stand auf. Jane saß wie gefesselt auf dem Barhocker. Ihr war eiskalt und gleichzeitig heiß. Sie wusste nicht, wie sie reagieren sollte, erst recht nicht, als sich die Frau zu ihr umdrehte und Jane sie erkannte.

Das war diese Lisa, die Frau, die ihren Verlobten Connor geheiratet hatte!

Jane begann zu zittern, ihr Körper spielte verrückt. Ihre Gedanken fuhren Karussell, bis Jane schließlich gar nichts mehr dachte.

Richard und Lisa kamen auf sie zu.

`Oh`, hörte Jane Lisa sagen, als Richard die beiden Frauen einander vorstellte. Auch Lisa hatte offensichtlich ein Déjà-vu-Erlebnis.

„ Das ist Lisa Brathley, die Dame von der Presse", stellte Richard sie vor. Lisa Brathley, die Journalistin, die den Artikel zu ihrem Auftrag mit der Baufirma geschrieben hatte, Brathley, Connors Familienname, Lisa...langsam schloss sich der Kreis. Wenn man Jane jetzt hätte Blut nehmen wollen, wäre kein Tropfen aus ihren Adern geflossen. Stattdessen war sie kreidebleich, ihr war, als würde sie jeden Moment umfallen.

„ Wir kennen uns bereits!“, sagte Lisa schnippisch, und an Jane gewandt:
„ Sie können Ihren Ex-Verlobten, meinen Mann, im Übrigen wieder haben, er spricht in letzter Zeit sowieso nur noch von Ihnen! Was nur an Ihnen so besonders ist, frage ich mich!“

Lisa machte auf dem Absatz kehrt und ging an den Tisch zurück. Richard schaute nur zwischen den beiden Frauen hin und her, er kam sich vor wie in einem falschen und dazu noch sehr schlechten Film. Er bemerkte nicht, wie Jane aufstand und zur Tür ging. Als er sich zu ihr umdrehte, war sie bereits gegangen. Lisa war also die Frau, mit der Janes Verlobter sie damals betrogen hatte. Und jetzt hatte Jane ihn und diese Frau hier zusammen sitzen sehen und er konnte sich schon denken, dass die Avancen, die Lisa ihm gemacht hatte, Jane nicht entgangen waren. Jane musste sich fühlen, als würde ihr das Herz ein zweites Mal herausgerissen, sie hatte sicher das Gefühl, alles noch mal durchmachen zu müssen. Aber so war es nicht, er war nicht auf Lisas Annäherungsversuche eingegangen, vielmehr hatte er ihr erzählt, dass er eine andere liebte. Und das war Jane. Aber Jane war gegangen.

Was machte er eigentlich noch hier? Er musste zu ihr, ihr alles erklären. Endlich aus seiner Starre erwacht, ging Richard zum Tisch, nahm wortlos seine Jacke, beglich an der Bar die Rechnung und rannte aus dem Pub. Doch Jane war nirgends mehr zu sehen. Auch ihr Auto konnte er nicht finden. Da er mit dem Taxi in die Stadt gefahren war, rief er schnell einen Wagen, um sich zum Haus am See fahren zu lassen. Er konnte nur hoffen, dass Jane nach Hause gefahren war. Es dauerte eine Ewigkeit, bis er dem Fahrer erklärt hatte, wo er hinfahren sollte. Richard nahm sein Handy und rief seinen Großvater an. Er musste ihm einfach erzählen, was passiert war, er brauchte seinen Rat.

54

Wie sie nach Hause gekommen war, wusste Jane nicht. Sie konnte sich nur noch daran erinnern, in ihren Wagen gestiegen zu sein. Und jetzt war sie hier. Sie saß noch in ihrem Auto, starrte auf den See und konnte nicht verstehen, was gerade passiert war. Hatte sie gerade alles noch einmal durchmachen müssen? So wie vor Monaten mit Connor? War das gerade wirklich alles passiert? Jane konnte nicht klar denken, sie konnte sich eigentlich nicht vorstellen, dass Richard der Typ Mann war, der eine Frau auf diese Weise verletzen würde, andererseits kannte sie ihn kaum mehr als ein paar Wochen. Doch so, wie sich Jane die Situation im Pub darstellte, war kaum ein Zweifel daran möglich, dass sich Richard und Lisa näher standen, als es Jane recht war. Langsam stieg sie aus dem Wagen und ging auf den See zu. Tränen standen in ihren Augen, es tat unheimlich weh. Sie hatte sich vorgenommen, Richard heute Abend zu gestehen, dass sie ihn liebte. Sie hatte damit rechnen müssen, dass er vielleicht nicht das Gleiche für sie empfand und hätte es so akzeptieren müssen, aber mit dieser Sache vorhin im Pub hatte sie nicht gerechnet. Jane lief zum Steg am See und obwohl es wirklich kalt geworden war, wollte sie noch ein wenig an der frischen Luft bleiben. Sie musste den Kopf frei bekommen, wieder klare Gedanken fassen, um zu überlegen, wie es jetzt weitergehen sollte. Sie setzte sich auf das morsche Holz, es würde sie schon tragen, und zog die Beine dicht an ihren Körper. Weinend wiegte sie sich hin und her, blickte Hilfe suchend über den See, den die Dunkelheit bereits umsponnen hatte. Sie ließ den Kopf auf die Knie sinken und ließ ihren Tränen freien Lauf.

Das Wetter war umgeschlagen, so ruhig es noch vor einer halben Stunde gewesen war, umso windiger und stürmischer wurde es jetzt. Jane war noch immer so in ihren Gedanken versunken, dass sie es nicht einmal bemerkte, wie die Bäume um den See herum sich bedrohlich durch den Wind bogen. Das sich immer mehr aufbäumende Wasser des Sees sah unheimlich aus und es schien, als würde es sich darauf vorbereiten, auf das wenig entfernte Haus zuzusteuern. Jane saß noch immer auf dem Steg, als sie das Schauspiel endlich realisierte. Erschrocken stand sie auf, dabei drohte ihre Tasche, die sie neben sich gestellt hatte, ins Wasser zu rutschen. Als sie sich hinunterbeugte, um die Tasche zu ergreifen, riss sie ein lautes Krachen aus der Bewegung. Der Steg unter ihr gab mit einem Mal nach und Jane versuchte, so schnell wie möglich ans Ufer zu gelangen.

Doch sie schaffte es nicht. Sie rutschte ab und schlug hart mit dem Kopf auf dem Holz auf. Das Letzte, was Jane wahrnahm, war eiskaltes Wasser und ein Gedanke schoss ihr durch den schmerzenden Kopf: Alles wiederholt sich.

55

Der Sturm hatte sich schon fast gelegt, als es begann, in Strömen zu regnen. Man konnte kaum die Hand vor Augen sehen und der Fahrer des Taxis war gezwungen, langsamer zu fahren.

Bitte lass Jane gut zu Hause angekommen sein, dachte Richard. Das Waldstück, durch das sie gerade fuhren, war schon bei Tag eher unwegsam, doch jetzt sah es so aus, als würde man nur zentimeterweise vorankommen. Immer wieder fragte Richard, ob der Fahrer denn nicht ein wenig schneller fahren könne, aber es war unmöglich. Wenn es so weiter regnete, würden sie noch Stunden brauchen. Richard gab auf, was sollte er auch tun. Er wünschte, er wäre mit seinem Van gefahren, damit wäre er sicher besser vorangekommen.

Mittlerweile begann der Fahrer laut über das Wetter zu fluchen und Richard dachte darüber nach, wie er Jane erklären sollte, was im Pub vor sich gegangen war. Für sie hatte es sicher ganz anders ausgesehen, als es tatsächlich gewesen war. Mit einem Mal gab es einen lauten Knall und der Wagen stand.

„ Was ist los, verdammt!", rief Richard.
„ Tja, Sir, ich denke, zu allem Übel haben wir auch noch einen platten Reifen!"
Das konnte doch alles nicht wahr sein!
„ Haben Sie einen Ersatzreifen dabei?"
Der Fahrer nickte.
„ Aber bei dem Regen werde ich ihn nicht wechseln. Ich mache Ihnen einen Vorschlag: Wir warten, bis der Regen nachgelassen hat, und dann werde ich ihn wechseln. Ich stelle den Zähler so lange aus."

Richard wurde wütend. Der Typ konnte ja alle Zeit der Welt haben, er aber nicht. Er musste zu Jane, so schnell wie möglich. Richard stieg aus und lief zum Kofferraum. Schon als er die Klappe geöffnet hatte, war er bis auf die Haut durchnässt. Er fand das Ersatzrad und das Werkzeug und machte sich an die Arbeit. Das Taxi war ein wenig vom Weg abgekommen und über einen Stein gefahren. Das war wohl der Grund für die Panne.

Aber Richard konnte es dem Fahrer nicht verdenken, man konnte wirklich nicht viel sehen. Nach einer halben Stunde war Richard fertig und vor Nässe triefend setzte er sich ans Steuer, nachdem er den Taxifahrer angewiesen hatte, sich auf den Beifahrersitz zu setzen. Richard kam deutlich besser voran, da er den Weg sehr gut kannte, und nach weiteren 20 Minuten waren sie endlich beim Haus am See angekommen.

Nachdem das Taxi weggefahren war, schaute sich Richard auf dem Grundstück um. Janes Wagen stand da, also musste sie zu Hause sein, aber im Haus brannte kein Licht.

Was, wenn sie ihm nicht aufmachte und er hier draußen stehen bleiben musste? Zum Glück hatte der starke Regen nachgelassen, es kehrte eine fast trügerische Ruhe ein, so als wäre nichts geschehen. Das war so typisch für diese Gegend und gerade hier am See waren diese Wetterkapriolen wirklich nichts Ungewöhnliches mehr. Richard entschied sich, bei Jane zu klingeln. Wenn sie ihn nicht sehen wollte, würde sie es ihm schon sagen.

Aber sie öffnete nicht. Im Haus blieb alles ruhig. Das war etwas seltsam, denn Jane war sicher noch nicht im Bett und selbst wenn, würde sie doch sicher die Klingel hören und zumindest nachschauen, wer da war.

Richard nahm sein Handy und rief bei Jane an. Nichts. Er konnte es im Haus klingeln hören, aber sie ging nicht ran. Überfordert mit der unerwarteten Situation setzte sich Richard auf die kleine Treppe vor der Haustür. Was sollte er tun? Warum wollte sie nicht mit ihm reden? Er konnte ihr doch alles erklären, sie traute ihm doch einen solchen Vertrauensbruch nicht wirklich zu? Oder doch?

Er lief um das Haus herum, stellte sich schließlich unter den Balkon und rief nach Jane.

„ Jane, ich bin es, Richard, ich muss mit dir reden, bitte!"

Doch es rührte sich nichts. Langsam bekam Richard ein ungutes Gefühl. Wenn ihr etwas passiert war, sie vielleicht im Haus gestürzt war und Hilfe brauchte? Richard dachte nach. Er hatte doch sonst immer einen Schlüssel vom Haus in der Tasche gehabt, weil er hier öfter nach dem Rechten geschaut hatte. Er suchte seine Taschen ab, fand ihn aber nicht. Sicher, nachdem Jane hier eingezogen war, brauchte er den Schlüssel eigentlich nicht mehr.

Ohne weiter über den Schlüssel nachzudenken, nahm er einen Stein und schlug die kleine Scheibe in der Eingangstür ein, um sie zu öffnen. Richard hoffte nur, dass mit Jane alles in Ordnung war, das mit der Tür konnte er ihr später erklären. Als er im Eingangsbereich des kleinen Hauses stand, fiel ihm auf, dass Janes Jacke, die sie im Pub getragen hatte, und auch ihre Schuhe nicht da waren. Er rief nach ihr, doch sie antwortete nicht. Wo konnte sie nur sein? Vielleicht hatte sie ihren Wagen nach Hause gebracht und sich von einer Freundin abholen lassen. Richard konnte sich nicht erinnern, ob Jane je eine Freundin erwähnt hatte. Sie hatten einmal über ihre Agentin Nelly gesprochen, ja, aber soweit er wusste, wohnte sie nicht hier in der Gegend.

Er ging zum Telefon und rief seinen Großvater an.

Es war mittlerweile fast neun Uhr und er hoffte, ihn noch zu erreichen. Rosa meldete sich und sagte, dass Johan mit Peggy in seinem Arbeitszimmer sei und sie ihm das Telefon bringen würde.

„ Junge, ist alles in Ordnung? Bist du bei Jane?", meldete sich Johan. Richard erzählte ihm, wie beschwerlich der Weg zum Haus gewesen war und dass er sogar ins Haus eingebrochen sei, weil sie nicht öffnete.

„ Aber sie ist nicht hier, vielleicht ist sie mit einer Freundin unterwegs. Ich sollte wohl besser gehen, bevor ich alles noch schlimmer mache. Könntest du mir ein Taxi schicken?"

Johan antwortete nicht sofort, Richard hörte, wie er sich mit Peggy unterhielt.

„ Richard, hast du schon in ihrem Wagen nachgesehen?"
Richard ging mit dem Telefon hinaus. Erst jetzt
bemerkte er, dass ihr Wagen nicht wie sonst in der
Einfahrt neben dem Gebäude stand, sondern weit davor,
auf den See gerichtet. Die Türen waren nicht
verschlossen, der Schlüssel steckte, aber im Auto war
Jane nicht, auch nicht ihre Tasche oder sonstige Sachen.
Richard lief ein eiskalter Schauer über den Rücken, aber
nicht deshalb, weil er völlig durchnässt war und ihm die
Kälte durch die Knochen fuhr.

 Es war die blanke Angst.

„ Richard, ich bin nicht sicher, aber vielleicht...", mehr
hörte Richard nicht mehr. Er rannte ins Haus, machte
das Licht im Haus an und suchte nach einer
Taschenlampe. So schnell ihn seine Beine trugen, rannte
er, nach Jane rufend, in Richtung See.

Immer lauter wurde seine Stimme, immer ängstlicher. Er
lief auf den Steg zu, versuchte mit dem Lichtstrahl der
Lampe etwas zu erkennen.

Dass der Steg am vorderen Stück zum großen Teil in den
See gebrochen war, sah er nicht. Es war einfach zu
dunkel. So rannte er weiter, immer weiter um den See
herum, am Ufer entlang, in den angrenzenden Wald
hinein.

Nach Stunden ergebnisloser Suche sackte Richard vollkommen erschöpft in sich zusammen. Er konnte das Haus aus der Ferne sehen. Ich werde dich finden, ich gebe nicht auf, dachte Richard, es wird alles gut werden und mit diesem Gedanken schloss er erschöpft die Augen.

56

Es wurde bereits hell und Johan hatte seit dem Vorabend nichts mehr von Richard gehört. Peggy und er waren die ganze Nacht im Arbeitszimmer geblieben, anfangs hatten sie wortlos das Telefon angestarrt und auf eine Nachricht von Richard gehofft. Irgendwann hatte ein unruhiger Schlaf die beiden übermannt. Peggy wurde als Erste wach. Sie wusste zunächst nicht genau, wo sie war, bis sie Johan sah und ihr alles einfiel. Sie weckte ihn vorsichtig. Johan fuhr erschrocken hoch.
„ Hat er angerufen?" Peggy schüttelte den Kopf. Johan nahm das Telefon und rief auf Richards Handy an. Nichts. Er versuchte es im Haus. Aber auch da nahm niemand ab. Peggy beobachtete Johan genau. Der Blick seiner Augen, seine ganze Mimik, er wirkte beinahe so apathisch wie damals, als sie ihn im Krankenhaus

besucht hatte. Das machte ihre Angst. Es klopfte an die Tür und Rosa kam herein. Johan wies sie sofort an, seinen Stallmeister zu rufen, damit er ihn und Peggy zum See brachte. Er wollte noch nachsetzten, dass sie auch einen Krankenwagen zum See schicken solle, hielt sich aber dann zurück. Er wollte die Hoffnung nicht gleich aufgeben.

Das durfte nicht alles noch einmal passieren! Auf den Tag genau vor 50 Jahren hatte er seine große Liebe und mit ihr sein Kind verloren.

Johan wusste, er würde es nicht überleben, wenn Richard oder Jane etwas zugestoßen war.

Ängstlich sah er Peggy an. Sie legte ihm die Hand auf den Arm, um ihn zu beruhigen. Doch sie selbst war alles andere als ruhig. Sie hatte kein gutes Gefühl, sie spürte, dass etwas geschehen war. Und sie spürte, dass Teresa damit zu tun hatte.

57

Helles Tageslicht trat in seine halb geöffneten Augen. Er versuchte, seinen Körper zu spüren, doch es war kaum möglich. Ganz langsam bewegte Richard die Hände und Füße, dann den Kopf, bis er sich schließlich aufsetzen konnte. Er lag mitten im Wald, das Ufer des Sees war ungefähr 200 Meter entfernt. Ihm wurde allmählich bewusst, warum er hier war. Wie ein Stich in sein Herz kehrte die gesamte Erinnerung zurück und er schrie verzweifelt auf.

„ Jane! Wo bist du? Jane!"

Richard schleppte sich ein Stück in Richtung Ufer, konnte schließlich aufstehen und versuchte, so schnell es irgend ging, in Richtung Haus zu laufen. Er rief ihren Namen, immer und immer wieder. In seinem Herzen keimte Hoffnung auf, dass Jane vielleicht inzwischen doch nach Hause gekommen war. Doch sein Verstand ließ die Hoffnung sofort wieder sterben. Richard schleppte sich weiter vorwärts. Die Kälte der Nacht hatte seinen Körper stark geschwächt. Er war fast schon am Grundstück, als sein Blick auf den Steg fiel. Er war eingebrochen, das morsche Holz musste bei dem Sturm nachgegeben haben.

Richard sah einen Wagen auf das Grundstück fahren. Es war der seines Großvaters. Johan und Peggy stiegen aus. Harold, Johans Stallmeister und guter Freund, sah Richard als Erster.

„ Johan! Der Junge ist hier, wir brauchen Hilfe! Schnell!"
Peggy, die inzwischen ins Haus gegangen war, um nach Jane zu suchen, hörte Harolds Schreie. Sie fand das Telefon in der Küche, auf dem Boden liegend. Mit zitternden Fingern tippte sie die Nummer des Rettungsdienstes.
Bitte, lass es den beiden gut gehen, betete sie immer wieder vor sich hin, bitte, lass Jane nichts zugestoßen sein.

Der Krankenwagen würde gleich hier sein. Peggy stand am Fenster und beobachtete, wie Johan, so schnell er mit seinem Stock laufen konnte, zu Richard lief. Richard lag zusammengesunken am Boden. Harold und Johan redeten auf ihn ein, versuchten ihn aufzurichten und zum Haus zu bringen. Peggy senkte den Blick und schloss die Augen. Ihre Gedanken wanderten zu ihrer Schwester, die an diesem Ort ihr Leben gelassen hatte. Peggy konnte Teresa förmlich fühlen, sie war da.

„ Bitte, lass Jane nichts passiert sein! Teresa, dein Schicksal darf sich nicht wiederholen!"

Immer wieder sagte Peggy diesen Satz, ganz leise, wie ein Gebet. Peggy sah Teresa vor sich, sie hatte einen unbestimmten Gesichtsausdruck, es war nicht der unbekümmerte Ausdruck in ihren Augen, den Peggy noch so gut in Erinnerung hatte.

Teresas Augen waren dunkel, leer. Langsam verschwamm Teresas Bild vor Peggy, doch sie sah, dass Teresa jetzt ein klein wenig lächelte und ihre Hand hob. Wie zum Abschied, dachte Rebecca.

„Happy birthday, Kleines...", flüsterte Peggy leise.

Sie wischte sich die Tränen aus dem Gesicht und machte sich auf den Weg nach draußen zu den Männern. Als Peggy Richard sah, brachen all die schrecklichen Bilder von damals über sie herein.

Johan, wie er da lag, fantasierend, unterkühlt, fiebrig. Er hatte einen grauenvollen Anblick geboten und Peggy schreckliche Angst eingejagte. Auch ihn hatte Peggy damals in diesem Zustand mit ins Haus gebracht, so wie jetzt Richard. Es geschieht alles noch einmal, dachte Peggy erschrocken, es ist wie bei einem Déjà-vu, bei dem man genau weiß, wie es endet.

Wie vom Donner gerührt, blieb sie plötzlich stehen. Was war das? Sie hörte Richard sagen, dass der Steg eingebrochen war. Sie schaute sich um, langsam ging sie hinunter zum See. Wieder hörte sie etwas, konnte es aber nicht einordnen. Ein Tier vielleicht? Es wurde lauter, je näher sie zum Steg kam.

„ Peggy, was ist los mit dir?", rief ihr Johan hinterher. Auch Richard und Harold wurden auf Peggy aufmerksam. Wohin ging sie?

Sie lief auf den zerborstenen Steg. Der hintere Teil am Ufer war noch intakt, aber der vordere Teil war vollkommen eingebrochen. Peggy sah an einem abgerissenen Holzpfahl, der halb im Wasser schwamm, etwas hängen. Es sah aus wie eine Art Beutel oder Tasche. Rebecca kniete sich vorsichtig hin, um sich ein wenig vorzutasten. Vielleicht kam sie an diesen Beutel heran, um zu sehen, was es genau war.

Da war es wieder, ganz in der Nähe, wie ein Krächzen! Peggy lauschte konzentriert. Es war kein Vogel oder ein anderes Tier in der Nähe. Rebecca beugte sich nach unten, wo sie das Geräusch vermutete.

Da, wieder! Peggys Blick folgte dem Geräusch unter dem Steg in Richtung Ufer.

Was sie sah, ließ ihr das Blut in den Adern gefrieren. Leise zuerst, für niemanden hörbar, rief sie nach Richard und Johan.

„ Richard!", schrie sie plötzlich, selbst erschrocken ob ihrer lauten Stimme.

Jane lag leblos unter dem Steg.

58

Jane

Ich bin verletzt. Ich bin gefallen und habe einen stechenden Schmerz im Kopf verspürt. Doch jetzt habe ich diese Schmerzen nicht mehr. Es ist angenehm.
Gerade war mir noch so kalt, aber jetzt ist mir warm. Ich fühle mich geborgen, wie in eine warme Decke gehüllt, und um mich herum ist alles in ein wohliges Licht getaucht.
Es sieht so aus, als wäre überall Wasser, doch ich spüre es nicht. Und ich atme. Ich atme doch? Oder nicht?
Ich kann meinen Körper nicht spüren, mich nicht bewegen.
Ich sehe einen hellen Lichtstrahl, warmes, angenehmes Licht. Von weither scheint es zu kommen.
Ich möchte sehen, was dort ist. Langsam bewegt sich das Licht auf mich zu und ich kann etwas sehen.
Wer ist das? Was ist das? Ich möchte es wissen.
Das Bild wird immer deutlicher und ich kann es sehen. Ich kann sie sehen. Ich kenne sie! Teresa!

Sie lächelt und reicht mir ihre Hand. Ich möchte sie ergreifen, aber ich komme nicht zu ihr. Warum ist sie mir so nah und dennoch so weit weg?

Sie ist so wunderschön, so jung und doch scheint ihre Seele sehr alt zu sein.

Sie nimmt ihre Hand langsam zurück, schaut mich liebevoll und mit einem so seligen Blick an, dass mir augenblicklich warm ums Herz wird.

Sie wendet sich von mir ab, schaut noch einmal zu mir zurück und verschwimmt ganz langsam vor meinen Augen. Ihre Silhouette wird immer undeutlicher, bis ich sie gar nicht mehr sehen kann.

Nein, geh´ nicht, bitte…

Mit einem Mal ist mir wieder so furchtbar kalt. Ich wünsche mir das Licht und die Wärme zurück.

Ich beginne, meinen Körper zu spüren, aber das will ich nicht. Es tut so weh, diese Schmerzen! Sie werden immer unerträglicher! Wo bin ich nur? Es ist dunkel und mein Brustkorb sticht, als würde meine Lunge herausgerissen!

Oh Gott, ich bin im Wasser! Im See! Ich muss nach oben, aber wo ist das? Ich muss es versuchen, ich muss an die Oberfläche und ich darf nicht atmen, noch nicht.

Ich höre leise Stimmen. Die Stimmen vermischen sich miteinander. Sie sagen meinen Namen, immer wieder. Ich versuche, mich zu bewegen, aber mein Körper versagt mir den Dienst. Ich versuche zu sprechen, aber ich höre meine Stimme nicht! Nur ein kleiner Laut entrinnt meiner Kehle.

Aber ich atme! Ich kann wieder atmen!

Vorsichtig öffne ich meine Augen, es ist noch immer dunkel, aber ich erkenne schemenhaft einen Körper, der sich über mich beugt. Ich höre seine Stimme:

„ Jane, komm zu mir zurück, bitte. Ich liebe dich!"

Richard! Er ist es! Er ist bei mir!

Ich lebe!

Epilog

„ Und ich liebe dich!"

Es waren Janes erste Worte, als sie im Krankenhaus wieder zu sich kam.

Sie wollte es ihm endlich sagen, es endlich loswerden, was ihr schon so lange auf der Seele brannte. Richard schaute ihr tief in die Augen, nahm ihren Kopf vorsichtig hoch und küsste sie voller Zärtlichkeit.

Nie wieder wollte er zulassen, dass ihr etwas zustoßen würde. Nichts sollte ihrer Liebe etwas anhaben können, dafür wollte Richard sorgen. Er dankte Gott dafür, dass er Jane nicht verloren hatte, dass sich das schreckliche Ereignis vom 02.10.1963 nicht wiederholt hatte.

Jane und Richard zogen später gemeinsam im Haus am See ein. Jane begann damit, ihren Roman zu schreiben. Sie würde die Geschichte von Teresa und Johan erzählen. Und auch ihre eigene Geschichte sollte ihren Platz finden, denn sie war eng damit verbunden.

Jane war sich sicher, dass sie ohne Teresa nicht mehr am Leben wäre. Sie hatte ihr geholfen, als sie am Scheideweg gestanden hatte, hatte ihr gezeigt, dass sie noch Leben in sich spürte, noch nicht alles verloren war und darum kämpfen musste. Um ihr Leben und ihre Liebe. Sie hatte Jane davor bewahrt, das gleiche Leid zu erfahren wie sie.

Teresa hatte all die Jahre den Ort ihres grausamen Schicksals aufgesucht, bis Peggy und Johan endlich wieder zueinander gefunden hatten und nicht mehr einsam an ihrer Trauer um sie zerbrachen. Teresas Seele hatte ihren Frieden gefunden.

Sie kam nie wieder an den See zurück.

Traumleuchten

281

Dankeschön!

Ich danke Ihnen, dass Sie sich die Zeit genommen haben, dieses Buch zu lesen. Es bedeutet mir viel, wenn ich Ihnen damit ein paar spannende Stunden bereiten konnte.

Ein besonderer Dank gilt meiner lieben Freundin Saskia, der dieses Buch gewidmet ist und das lediglich als kleines Weihnachtsgeschenk gedacht war.

Danke für Deine Freundschaft, Mäuschen!

Und ganz besonders und mit all meiner Liebe danke ich meiner wunderbaren Familie und besonders meinem lieben Ehemann und unseren traumhaften Töchtern! Ihr erfüllt mein Leben und ich liebe euch von Herzen!

Danke!

Ebenfalls bei BoD erschienen:

Diana Hübner

„ SEELENTROST"

ISBN: 9783738607352

Coverdesign & Beratung H. Banz, Walldorf/Thür.

Herstellung und Verlag:
BoD - Books on Demand, Norderstedt
ISBN 978-3-7357-4029-8